그 리 하 여
세 상 의   끝
포 르 투 갈

그 리 하 여
세 상 의   끝
포 르 투 갈

*

글 · 사진 | **길정현**

빛츠
BOOK

CONTENTS

대륙의 서쪽 끝,
포르투갈에 가게 된 사연

01

남의 밑에서, 남의 돈으로 벌어먹고 사는 삶 중에 만만한 삶이 어디 있겠냐만은 나는 그동안 내가 아픈 줄도 몰랐다가 일련의 사건들을 겪으며 뒤늦게 깨달았다. 그 순간에는 내 속에서 정말로 뭔가가 뚝 끊어지는 느낌이 들었다. 주위에 물어봐도 다들 비슷비슷하게 살고 있으니까 '남들도 이만큼은 참고 견디는구나. 내가 좀 예민한가 보구나' 하고 그냥 살았지만, 남들과 똑같이 뺨을 맞는다고 해서 내 뺨이 안 아픈 건 아니라는 걸 이제야 알게 된 것이다. 비슷한 처지인 사람들과 어울리며 '그나마 나는 남들만큼은 되니까 최악은 아니야' 하고 하루하루 버텨왔건만. '아무리 그래도 끝까지 버티는 사람이, 회사에 하루라도 더 붙어있는 사람이 이기는 것'이라고 주위에서 달래주었지만 이미 내 삶에서 그런 승패는 의미가 없는 상황이 되어있었다.

내가 아프다는 걸 깨닫고 난 뒤로는 몸도 아프고 마음도 아팠다. 밤낮없이 울고 자고를 반복하면서 사람을 만날 수 없게 되었고, 회사에도 못 나가게 되었다. 누군가 이야기하는 소리만 들어도 속이 뒤집어졌다. 말 그대로 견딜 수가 없었다. 내가 아는 사람도, 나를 아는 사람도 없는 곳으로 무작정 가고 싶었다. 하지만 무인도에 가지 않는 한은 누군가의 말소리를 들어야 할 텐데 꼭 들어야 한다면 그 소리는 내가 알아들을 수 없는, 내가 전혀 모르는 언어였으면 싶었다. 주위엔 그저 기분 전환을 위한 여행이라고 말했지만, 사실은 도망이었다. 아주 아주 먼 곳으로, 나는 대륙의 서쪽 끝으로 도망을 쳤다. 그렇게 포르투갈에 닿았던 것이다.

그간 내가 엉망이 되어가는 과정을 지켜봐 온 남편 또한 이번 여행에 동행했다. 하던 일을 중단하면서까지 나의 여정에 동참하는 것이 쉬운 결정은 아니었지만 심리적으로 무척 불안한 상태인 나를 혼자 멀리 보내는 일은 더 쉽지 않았으리라.

아무튼 당시에는 거의 제정신이 아니었기 때문에 치밀하게 조사하고 의도해 선택한 것은 아니었는데, 아래의 모든 조건에 신기하게도 포르투갈은 꼭 들어맞았다.

- ☑ 한국에서 멀고, 사람이 적은 곳
- ☑ 날씨가 매섭지 않은 곳
- ☑ 그나마 무언가를 소비하는데 부담이 적은 곳
- ☑ 내 마음에서 관심을 돌릴 만한 것들(다시 말해 신기하고 새로운 것들)이 많은 곳

직항 비행편도 없는 먼 이국땅에 닿기 위해 비행기로 꼬박 16시간이 걸렸다. 기내식을 3번 정도 먹고 좁디좁은 의자에 구겨 넣은 온몸이 만신창이가 되었을 즈음, 드디어 포르투갈 북부의 대표 도시이자 대

서양의 영원한 항구로 불리는 포르투(Porto)에 도착했다.

포르투에서 리스본(Lisboa)까지 이동을 할지, 그 역순으로 할지 잠시 고민했지만 결국 리스본이 아닌 포르투로 입국한 이유는 단순했다. 리스본이 좀 더 남쪽이고 앞으로 날씨는 점점 추워질 테니까 그나마 조금이라도 덜 추울 때 북부에 머물러야 할 것 같았기 때문이다.

포르투는 생각보다 추웠다. 난방이 제대로 되지 않는 숙소의 문제였는지, 이 동네 사람들에 비해 내가 유독 추위를 많이 느끼는 건지, 이유가 뭐였든 간에 너무 추웠다. 기온 자체가 절대적으로 낮다기보다는 축축하고 을씨년스러워 체감 온도가 유독 낮은 느낌이었다. 볕이 잘 드는 곳에 있으면 외투를 벗고 싶을 정도로 따뜻하지만, 그늘에 들어서거나 바람이 불면 으슬으슬 추운 그런 날씨. 두꺼운 외투보다는 차라리 얇은 바람막이가 좋을 것 같았지만 이미 때는 늦었다. 혹시나 하는 마음에 챙겨 넣었던 조그만 전기담요가 큰 도움이 되었다. 유럽의 숙소엔 냉난방 시설이 없는 경우가 꽤 흔한 일이라고 하길래 그 부분을 유심히 신경 써서 숙소를 고른 건데도 출력이 그리 약할 줄이야. 어떤 시설의 유무 정도야 예약 과정에서 알아볼 수 있을지언정 그게 실제로 얼마나 잘 작동하는지 따위는 직접 경험해보기 전엔 절대 알 수 없는 것이니까 이건 처음부터 내가 어찌할 수 있는 부분은 아니었을 것이다. 대부분의 일들은 상식선에서 진행이 되지만 때로는 나의 상식이 남의 상식과 다를 때도 있고, 더 가끔은 상식이라는 게 아예 통하지 않는 듯한 일들도 벌어지곤 한다. 이렇듯 세상엔 운에 맡겨야 하는 것들이 제법 많고 그건 내가 여행 중이든 아니든

매한가지다.

만약 내가 아주 운이 좋은 사람이어서 내 밥벌이를 하면서도 행복하고 즐거울 수 있었다면, 아프지 않을 수 있었다면 아마도 이번 여행은 내 인생에 없었을지도 모른다. 그렇게 생각하면 '그동안 내가 겪었던 일들이 마냥 나쁜 일만은 아니었던 걸까' 싶은 생각이 슬며시 고개를 들고, 동시에 마음이 착잡해져 온다. 분명 '전화위복'이라는 짤막한 사자성어로는 도무지 위로가 되지 않는 나날들이었다. 그런데 그런 일들이 정당화되다 못해 미화되는 것 같은 기분이 슬슬 드니 돌아버릴 노릇이다.

그러니까 우리는 우리 스스로에게 말해주어야 한다.

"아니다. 의심의 여지 없이 그것들은 모두 나쁜 일이었다.
우리는 그들 때문이 아니라 우리 자신 덕분에 여기까지 온 것이다"

아베이루는 아베이루다
아베이루 Aveiro

차가운 밤을 보내고 맞이한 첫 아침. 포르투 시내를 둘러보는 대신 '포르투갈의 베네치아'라고 불린다는 아베이루(Aveiro)로 가기 위해 숙소를 나섰다. 아베이루엔 도시 한가운데를 가로지르는 운하가 있고, 이 운하 위에는 베네치아의 곤돌라를 닮은 '몰리세이루(Moliceiro)'가 떠 있다고 한다.

아베이루로 가는 기차를 타려고 포르투-상 벤투(Sao Bento) 역을 찾았다. 상 벤투 역은 일반적인 기차역과는 달리 무척이나 아름다웠다. 외관도 멋지지만 내부는 더더욱. 거대하고 정교한 아줄레주(Azulejo, 포르투갈식 타일 장식)가 역 내부를 빼곡히 채우고 있었는데 이 아줄레주들은 포르투갈의 역사에서 의미 있는 한 컷들을 떼어내어 표현해둔 것 같았다. 그동안 몇 번의 여행을 다니며 멋진 기차역을 제법 보았는데도 또 감동해버렸다.

아무튼 아베이루로 가려고 하니, 역무원이 말하길 이 역이 아니란다. 포르투-상 벤투 역이 아니고 포르투-캄파냐(Camphana) 역으로 가야 아베이루로 가는 기차가 있다고 하면서 지도도 한 장 쥐여준다. 여기부터 포르투-캄파냐까지는 한 정거장이니 별문제는 없다. 보통은 소매치기의 표적이 될까 봐 이런 행동은 거의 하지 않는데, 워낙 사람이 없길래 간만에 관광객 모드가 되어 지도를 활짝 펼쳐보기도 했다. 기차 안의 몇 안 되는 사람 중 나에게 관심을 갖는 사람은 역시 아무도 없다. 좋아, 완벽해.

캄파냐 역에서 4~50분 정도를 달려 무사히 아베이루 역에 도착했다. 아베이루 기차역 바로 앞엔 운치 있게 생긴 건물이 하나 있는데, 아베이루의 특산 과자인 '오부스 몰레스(Ovos Moles)'를 먹을 수 있는 제과점이다. '부드러운 달걀'이라는 의미인 오부스 몰레스. 모나카를 닮은 얇고 빳빳한 반죽 안에 달걀노른자를 설탕에 절인 듯한 '달걀 잼'

이 가득 들어있다. 달걀 특유의 비린 맛을 누르기 위해 설탕을 듬뿍 사용해서일까, 무척이나 단맛이라 마냥 집어 먹을 수는 없을 듯했다. 첫 입을 베어 물고선 나도 모르게 '맛있다!'를 외쳤지만 결국은 딱 두 개만 먹고 일어설 수밖에 없었다. 쓰고 진한 커피와 함께였는데도 말이다.

기차역부터 마을까지 제법 거리가 있어 택시를 탈까도 생각했지만, 돌바닥에 새겨진 문양들이 너무 귀여워서 이 녀석들 구경을 위해 결국 끝까지 걸어갔다. 발끝마다 이런 볼거리들이 가득한데 어찌 이것들을 모른 척하고 쌩하니 택시를 탈 수 있단 말인가. 난 그렇게 매몰찬 성정을 가진 사람은 못 된다. 그러니까 그깟 사람들과 그깟 일들

에 상처받고 대륙 끝까지 떠밀려온 거겠지만.

아베이루에선 몰리세이루 위에 앉아 운하 사이를 미끄러지듯 떠다니고 싶었지만, 예상보다 하늘도 희뿌옇고 날씨도 차 기대보다 별로일 것 같아 그만두었다. 물 위에서 유유자적하는 대신 뚜벅이 여행자가 되어 마을의 곳곳을 구경했다. 운하와 몰리세이루가 아베이루 제1의 매력인 건 부정할 수 없겠지만 그렇다고 해서 아베이루에 그것 말고는 다른 볼거리가 없는 것은 절대 아니기에 후회도 없었다.

아베이루를 '포르투갈의 베네치아'라고 부른다고 했지만, 이전에 내가 경험했던 베네치아와 아베이루는 많이 달랐다. 운하를 끼고 있는 집들은 베네치아의 집들보단 수수했고, 운하 위의 배들은 베네치아의 곤돌라보단 훨씬 화려했다. 몰리세이루 축제 기간엔 더욱더 꽃단장을 한다고 하니 대단한 볼거리가 될 테지. 그러나 그 시즌엔 그만큼 많은 사람들이 몰릴 테고, 나는 조금 덜 구경하더라도 조금 더 한적한 것이 좋은 사람이니 지금 이런 모습의 아베이루도 좋았다. 그러니까 아베이루는 '포르투갈의 베네치아' 따위가 아니라 그냥 아베이루다.

아베이루를 둘러본 후엔 언젠가 여행 잡지에서 보았던 코스타 노바(Costa Nova)로 향했다. 코스타 노바는 아베이루에서 버스를 타고 갈 수 있다. 하지만 이 버스가 자주 있는 것은 아니어서 한 시간 정도를 정류장에 앉아있어야 했다. 기다리고 또 기다린 끝에 드디어 버스가 온다.

먼 이국의 바다에서, 대구탕 한 사발
코스타 노바 Costa Nova

03

애당초 우리를 이곳으로 이끈 건 한 장의 사진이었다. 그때 그 사진 속의 코스타 노바(Costa Nova)는 나란히 늘어선 총천연색의 줄무늬 집들과 새파란 하늘이 어울려 이 세상에 존재하지 않는 동네처럼 보였다. 사진 속의 풍경을 직접 보겠다는 일념으로 코스타 노바를 향해 길을 나섰다. 멋진 곳들이 으레 그렇듯, 쉽고 편하게 갈 수 있는 곳은 아니었다. 포르투에서 기차를 타고 아베이루로 이동을 한 후, 아베이루에서 버스를 타고서야 간신히 코스타 노바에 닿을 수 있었다. 게다가 이날은 날씨가 흐려서 사진 속 풍경만큼 끝내주는 풍경은 아니었지만 그건 우리의 힘으로 바꿀 수 있는 게 아니니 별수가 없다. 어차피 세상에 내 마음대로 되는 것은 얼마 없고 그건 내가 여행 중일 때도 마찬가지다. 그러니까 포기해야만 하는 것에 대해선 최대한 빠르게, 그리고 최대한 마음을 다치지 않도록 요령 있게 포기해야 한다. 이것 역시 여행이 우리에게 가르친 것 중 하나다.

16세기 불어닥쳤던 대단한 폭풍 덕에 생겨났다는 코스타 노바. 서쪽은 대서양과 맞닿아있고 동쪽은 아베이루 강과 닿아있는, 조금은 독특한 지형의 마을이다. 하지만 이 마을이 유명한 건 지형 때문이 아니라 순전히 사탕을 닮은 알록달록한 줄무늬 집들 때문이다. 줄무늬의 방향은 가로인 집도 있고 세로인 집도 있으며 그 색깔도 제법 다양한데, 이 점을 제외한다면 집들의 형태 자체는 대개 비슷비슷하게 생겼다. 누군가 작정하고 연출한 것처럼 집들은 모두 2층 구조에 세모꼴 지붕을 갖고 있었다. 이런 형태의 집을 팔헤이로(Palheiro)라 부른다고 한다.

팔헤이로는 포르투갈의 해변 지역에서 자주 만날 수 있는 전통 가옥이지만 이런 줄무늬는 일반적인 장식은 아니라고 한다. 그런데 유별나게 코스타 노바에서만 그렇다는 것이다. 유독 이 동네의 집들이 이

렇게 된 건 호수와 바다 사이에 마을이 끼어있어 워낙 안개가 심하다 보니 바다에서 배들이 돌아올 때 안갯속에서도 눈에 잘 띄게 하려고 선명한 색깔로 줄무늬를 그렸다는 설도 있고, 모여있는 집의 형태가 거의 흡사하다 보니 남의 집을 본인 집으로 착각하는 일이 많아 본인의 집인 걸 쉽게 알아보려고 그랬다는 말도 있는데 둘 다 그다지 설득력 있게 들리진 않았다. 왜냐하면 눈에 잘 띄게 하려면 줄무늬보다는 강렬한 단색으로 칠하는 것이 더 효과적일 테고, 만약 줄무늬의 방향이나 색깔이 비슷하면 아무 칠도 하지 않은 것보다 도리어 더 남의 집과 헷갈리기 때문이다. 이 말은 농담이 아니다. 의심된다면 이 집들을 한번 보시길!

또한 평범한 어촌 마을이던 코스타 노바가 19세기 즈음부터 여름 피서지로 인기를 끌기 시작했는데 현지인들이 여름 한철 동안 집을 빌려주며 피서객들에게 집세를 받았다는 이야기도 있다. 손님들은 당연히 더 예쁜 집에 머무르고 싶어 할 테니 이 과정에서 본인의 집을

돈보이게 하려고 밝은 색깔로 줄무늬를 그리게 되었다는 말도 있지만 정확한 사연은 알 수가 없다. 어차피 왜 이런 집들이 즐비한가는 중요하지 않을지도, 그 누구도 확실한 까닭은 모르는 건지도 모른다. 확실한 건 지금은 이 집들이 예쁘고 귀여운 것을 찾는 구경꾼들을 끌어모으고 있다는 것일 테니.

이 줄무늬 집들은 정말로 누군가 살고 있는 집인 경우도 있지만, 대부분은 가게나 식당, 누군가의 여름 별장으로 바뀌어 구경꾼들을 기다리고 있다. 건물 자체가 아예 리모델링이 된 경우도 있지만, 오래된 집들의 경우에도 페인트칠만큼은 대개 새것이다. 소금기를 머금은 바람과 흩날리는 모래 때문에 매년 페인트칠을 새로 하지 않으면 유

지가 되지 않기 때문이라고. 이 세상에 존재하지 않는 동네마냥 예뻤던 코스타 노바의 풍경은 알고 보니 많은 사람들의 엄청난 노력으로 유지되고 있는 거였다. 몹시 예쁘다 못해 작위적인 느낌도 조금은 들고 너무 인공미가 넘친다는 핀잔도 약간은 주고 싶지만 그건 회색빛 아파트에 사는 나의 못된 질투심에서 비롯된 불평으로 두고 넘어가야겠다. 어차피 나는 매년 페인트칠을 하며 정성껏 내 집을 가꿀 수 있는 위인도 못되니까.

끼니때가 이미 한참 지나 뒤늦게 배가 고파 오는 통에 근처에서 식사를 하기로 했다. 포르투갈의 대표 음식 중에서도 간단한 구이를 제외한 생선 요리는 기본적으로 시간이 제법 걸리는 편이니, 버스 시간이 임박했다거나, 일정상 남은 시간이 촉박하다면 절대 시도해서는 안 된다. 하지만 '우린 시간이 많으니 별문제가 없고, 여긴 바닷가 마을이니까!'하는 마음에 야심 차게 생선 요리를 골라 주문했다. 뭐가 뭔지 잘은 모르지만 대구가 주인공인 요리 중에서 어설프게 'Fish Stew'라고 번역되어있는 메뉴를 골랐다. 종업원이 주문을 받으며 자기네 요리사가 가장 자신 있어 하는 요리라며 '굿 초이스'를 두 번이나 외쳐주었다. 그 요리의 공식 명칭은 'Caldeirada'였다.

한참의 시간이 지나고 김이 모락모락 나는 커다란 냄비가 테이블로 옮겨져 왔다. 신기하게도 냄비에 가득 담긴 음식에선 한국에서 먹던 대구탕 맛이 났다. 한국의 대구탕만큼 맵지는 않았지만, 정말로 그 맛이었다. 고추 대신 파프리카가, 무 대신 감자가 들어간 점만 논외로 한다면 양파와 마늘이 듬뿍 들어간 시원한 국물은 대구탕의 그것과 몹시 닮았다.

대부분의 경우, 여행은 익숙한 것들을 낯설게 보게 한다. 그래서 낯선 곳에서 마주하는 것들은 하나하나 기억에 깊이 남는다. 내가 사는 동네와 별다를 것도 없는 나무와 꽃들, 콜라의 맛, 심지어 교통 체증까지도 모두 새롭고 신기하다. 하지만 여행은 때로는 낯선 것에서 익숙함을 찾아내게 하기도 하는 것 같다. 비행기를 16시간이나 타고 닿은 대륙의 서쪽 끝, 거기서도 또 기차를 타고, 중간에 버스로 바꿔 타고 달려 간신히 만난, 이름도 몰랐던 요리가 내가 알던 바로 그 대구탕이라니. 왠지 모를 반가움이 불쑥 고개를 들더니, 결국은 우리를 웃게 한다.

기도하는 도시, 브라가를 걸었다
브라가 Braga

근교 둘러보기에 재미가 붙어 오늘도 포르투 시내를 외면하고 기차를 탔다. 오늘의 목적지는 브라가(Braga). 브라가는 포르투갈에서 가장 오래된 도시이자 예전엔 남유럽 가톨릭의 수도 역할을 했던 종교적인 도시라고 한다. '기도하는 도시'라는 별칭이 있을 정도라고. '기도'라는 말 자체에 반감부터 느끼는 사람들도 있을 것 같긴 하지만, 내가 가톨릭 신자이건 아니건 간에 유럽에선 기본적으로 가톨릭의 내음을 많이 맡을 수밖에 없다. 또 그렇게 '종교의 힘'이 반영된 유적과 유물들은 '그 시절에 이런 걸 어떻게 만들었지?' 싶을 정도로 경외감을 불러일으키는 것들이 많기도 하고. 당연히 브라가에도 이런 종교적인 유적과 유물들이 많이 남아있을 것 같아 기대감이 풍선만큼 부풀어 올랐다. 그런데 너무하다 싶을 정도로 장대비가 내리고 있다. '이래서야 제대로 걸어 다닐 수도 없겠는걸' 싶어 안절부절못하다가 일단 대성당 안으로 뛰어들었다.

들어와보니 미사가 한창이다. 딱히 출입을 제한하는 것은 아니었지만 경건한 분위기에 나도 모르게 움찔. 아마 내 발걸음 소리와 내 카메라의 셔터 소리로 이런 분위기를 깨트리는 것은 엄청난 실례겠지 싶어 예배당 안을 꼼꼼히 둘러보는 일은 포기하기로 했다. 그간 유럽에서 여러 성당들을 다녀보았지만, 실제로 미사가 진행되는 경우는 거의 보지 못했는데, 유독 포르투갈의 성당에선 그런 일을 많이 겪은 것 같기도 하다.

비가 조금 그치고는 브라가 시내를 걸어보았다. 비에 흠뻑 젖었어도 여전히 고풍스럽고 우아한 동네였다. 한 모퉁이를 돌 때마다 크고 작은 성당이 한두 개씩 나타났다. 이리로 걸어도 성당, 저리로 걸어도 성당. 역시 '기도하는 도시'다운 모습이었다. 이날 마주친 성당이 대여섯 개 정도 되었는데 브라가 시내에는 성당이 70여 개나 된다고 하

니 별로 놀라운 일도 아니었어야 하겠으나 그래도 놀라운 건 놀라운 것. 그중 아이돌 샘(Fonte do Ídolo)을 무척이나 구경하고 싶었는데 공교롭게도 이곳만 문을 닫았다. 아쉽지만 어쩔 수 없지. 아쉬움을 달래기 위해 얼른 오늘 브라가 구경의 하이라이트가 될 봉 제수스 두 몬트(Bom Jesus do Monte)로 향했다.

봉 제수스 두 문트는 '산에 있는 예수'라는 뜻의 성당인데, 해발 400미터의 산꼭대기에 위치해있어 성당에 가려면 일단 산부터 올라야 하는, 방문 자체가 고행인 곳이다. 산 전체를 순례지라고 봐야 할 정도이니 진심으로 회개하며 한 걸음씩 직접 걸어야 하겠지만 내 다리는 소중하니까 푸니쿨라를 타기로 했다. 게다가 이 푸니쿨라는 세계에서 가장 오래된 수력 푸니쿨라라고 하니 나의 탑승을 합리화하기에도 좋다. 물탱크에 물을 채워 그 무게로 객차를 끌어올리는 방식이라고 하는데 정확히 어떤 원리인지는 잘 모르겠다. 그저 한쪽에서는 물을 계속 뿜어내고 금방이라도 부서질 것 같은 오래된 객차는 삐걱삐걱대면서 가파른 산을 잘도 오른다.

너무 쉽게 꼭대기에 도착해서였을까, 성당은 감탄이 나올 만큼 멋지다기보단 그저 깔끔해 보였다. 성당보다 성당 바깥쪽에 꾸며놓은 꽃밭이 더 눈길을 끌었다는 건 비밀 아닌 비밀. 중앙 예배당의 천장과 본(本) 제단이 한 개의 커다란 화강암으로 만들어졌다는 설명에도 그저 '저렇게 만들 수 있을 정도로 엄청 큰 돌이 있었나 보구나' 싶었고, 보통의 성당들과 달리 제단에 십자가 대신 테라코타 장식이 달린 것을 보고도 '성당인데 특이하게도 십자가가 없구나' 했을 뿐이었다.

사실 봉 제수스 두 몬트의 참 맛은 꼭대기에 있는 이 성당이 아니라 성당까지 도달하는 산길과 계단들이니 어쩌면 당연한 얘기다. 그 길들을 보지 않고 푸니쿨라로 한 방에 정상에 닿았으니 감흥이 있을래야 있을 수가 없는 것. 조금이나마 그 감흥을 느껴보기 위해 내려갈 때는 푸니쿨라를 타지 않고 천천히 걸어보기로 했다.

거기를 박차고 나온 것, 아주 잘했어
브라가 Braga

05

산 아래에서 성당까지 이어진 계단은 '오감(伍感) 삼덕(三德)의 계단'
이라고 한다. 계단을 계속 오르다 보면 고난을 받다 받다 나름의 깨
달음을 얻고 성당을 만나기 때문에 이 계단을 '천국의 계단'이라고도
부른다는데 우린 거꾸로 성당에서부터 계단을 내려가 보았다. 푸니
쿨라를 통해 쉽게 정상에 닿긴 했지만 '깨달음'을 만난 것 같진 않다.
이제 '고난'을 얻을 때다.

계단은 양쪽이 대칭이 되도록 지그재그로 엇갈리는 구조였다. 오르
내리는 사람의 편의를 봐준다거나, 최단 경로를 구해 만들어진 계단
은 절대 아니라는 의미이다. 계단 중간중간 작은 샘(분수라고 하긴 어려
울 작은 규모)들이 있고 조각상들도 늘어서 있는데 이 조각상들은 그리
스도의 처형에 관련된 인물들이라고 한다.

어느덧 오감 삼덕의 계단을 모두 내려와 평지를 만났다. 이곳에서 성
당을 올려다보니 그제야 이 성당의 매력을 알 것 같았다. 계단을 오
르는 일은 계속 위를 올려다보는 일이니 산을 오르는 내내 꼭대기의
성당이 얼마나 경외롭게 보였을지 그제야 알게 됐다. 헉헉대며 위를
올려다보면 성당이 저 멀리, 하늘을 찌를 듯이 솟아있었겠지. 점점 가

까워질 때마다 '이제 다 왔다'라는 생각에 얼마나 좋았을지, 그 심정을 이해하게 된 것이다. 그리고 단 한 단계도 내 마음대로 건너뛸 수 있는 구간은 없다는 점. 차근차근 한 계단씩 가야만 한다는 점. 적어도 이곳에서만큼은 그 누구에게도 사다리 같은 것은 없다는 점도 나름 의미 있게 느껴졌다.

그 와중에 계단을 오르내리는 사람들은 마치 게임 속에 등장하는 캐릭터들 같아 보였다. 계단은 무지 크고 높게, 사람은 개미만 하게 보였다. 그 개미만 한 인간들이 높은 산을 오르내리며 이런 걸 만들었다는 게 새삼 대단하다.

그런데 충격적이게도 계단이 끝이 아니었다. 정말 산 아래 평지까지 연결된 계단이 또 있었다. 이 계단은 '십자가의 길'이라고 한다는데 그래도 오감 삼덕의 계단만큼 경사가 가파르진 않아서 다행이었다. 갓 비가 그친 뒤라 공기도 촉촉하고 나무들도 우거져 삼림욕하는 기분으로 가볍게 걸었다. 중간중간에 동화책에나 나올법한, 요정의 집을 닮은 성소도 있었다. 성소 안쪽엔 골고다 언덕에서 고통받고 끝내 십자가에 못 박힌 예수의 모습 등이 조각으로 재현되어있었는데 귀여운 성소의 외관과는 달리 매우 처참하게 표현되어있어 무서울 정도였다. 그 와중에 성소의 지붕이 푸른 이끼로 뒤덮인 걸 보니 지나간 세월이 무상하다는 기분도 조금은 들었다.

걷다 보니 어느덧 닿은 출구. 우리가 거꾸로 왔으니 우리에겐 출구지만 원래 이곳은 수도원으로 가는 입구이다. 대주교의 문장과 1723년에 예루살렘을 재건했다는 글귀가 이를 증명해주었다.

종일 축축한 공기 속을 걷고, 비를 맞다 포르투로 돌아오니 몸도 마음도 녹초가 되어 만사가 다 귀찮은 심정이 되었다.

'이럴 땐 간편하게 정크푸드를 먹어줘야 해!'

라는 생각에 상 벤투 역 옆의 맥도날드를 찾았다. 그런데 이 맥도날드가 범상치 않다. 내가 알던 그런 뻔한 맥도날드가 아니다. '포르투 사람들은 정크푸드도 이런 아름다운 공간에서 우아하게 먹나요?' 싶어 심술이 날 정도였다.

포르투갈에서만 판매하는 특별 메뉴라는 'CBO 버거'를 주문했다. CBO 버거는 'Chicken, Bacon, Onion 버거'의 줄임말이라고 하는데 버거라기보단 샌드위치의 느낌이 났지만 정작 그 둘의 차이를 정확히는 모르겠다. 버거와 샌드위치의 차이점에 대해 고민하다 보니 사실은 정확히 분별하지 못하면서 그러려니 하고 받아들이는 것들이 제법 많은 것 같다는 생각이 들었다. 그런 걸 일일이 다 따지면서 산다는 건 어쩌면 피곤한 일이지만, 아예 분별 자체를 하지 않는 것도 문제가 아닌가. 버거이든 샌드위치이든 그런 건 소소한 일이고 별 중요한 게 아니지만, 적어도 뭐가 옳고 뭐가 그른지 정도는 생각하며 살자. 나 자신을 지키기 위해서 그 정도 피곤함은 기꺼이 감수해야 할 일이다.

생각하고 살지 않으면, 사는 대로 생각하게 된다는 아주 유명한 얘기
가 있다. 그래도 사는 대로 생각하는 것은 그나마 나은 편이다. 아예
아무 생각 없이 살게 되는 경우도 있으니까. 사실 아무 생각 없이 살
면 정말 편하다. 슬퍼할 일도 분노할 일도 없으며 억울함을 느낄 일
도 없다. 하지만 그렇게 살다 보면, 매사 생각하며 사는 사람들에게
조종당하고 이용당하는 일이 반드시 생긴다고 아직도 나는 그렇게
믿는다.

그러니까 저기를 박차고 여기까지 온 것, 아주 잘했어.

빵의 의미

'빵'이란 단어는 아마도 일어 'パン(팡)'에서 온 것일 텐데 이 단어는 포르투갈어인 'pão(빵)'에서 온 말이다. 그러니까 우리가 시도 때도 없이 먹고 찾는 '빵'은 사실 포르투갈 말이었던 셈이다. 실제로 현지에서도 '빵'이라고 하면 다 통한다.

그런데 한국의 빵과 포르투갈의 빵은 의미가 조금 다른 것 같다. 이 동네에서는 식사용 빵만을 빵이라고 한다. '뭐든 간에 많이 먹으면 식사가 되는 거지'라고 생각할지도 모르지만, 이를테면 식빵이나 모닝빵 같은 것 말이다. 설탕이 들어가거나 크림이 있다거나 하면 그건 빵이라고 하지 않는다. 예를 들어 '크림빵' 같은 것은 포르투갈엔 없는 단어다.

설탕이 들어가 단맛이 나는 종류는 빵이 아니라 'Bolo(볼루)'라고 부르는데 이건 영어로 번역하면 'Cake'이지만 우리의 머릿속에 들어있는 그런 생일 케이크의 형태가 아닌 것이 대부분이라 조금은 혼란스럽다. 심지어 이 동네에선 머핀도 볼루라고 부르는데, 내가 보기에 머핀을 케이크로 구분하는 건 좀 이상하다. 나도 '컵케이크'이나 '롤케이크' 같은 단어를 사용하고는 있지만 그건 그냥 사람들이 그렇게 부르기 때문일 뿐, 그것들이 진짜 케이크와 동급으로 생각되지는 않는다.

그렇다고 이걸 '쿠키'라고 하자니 구색이 더 이상해진다. 당연한 말이지만 쿠키를 통칭하는 단어는 또 따로 있다. 'Doce(도스)'. 그리고 '리스본' 하면 가장 먼저 떠오르는 '에그 타르트'는 'Nata(나따)'라고 한다. 즉, 밀가루를 반죽해 구운 것이라고 해서 다 똑같이 '빵'으로 불리지는 않는 것이다.

상황이 이렇다 보니 포르투갈에는 빵과 볼루, 도스, 나따 등을 모두 통칭하는 단어가 있다. 'Pastel(파스텔)'. 그래서 이것들을 판매하는 가게(한국말로 하면 빵집)를 'Pastelaria(파스텔라리아)'라고 한다. 단어가 몹시 예쁘다. 파스텔이라니! 파스텔 상자를 열면 색색깔의 향연이 펼쳐지듯 파스텔라리아에서도 맛의 향연이 펼쳐질 것만 같다.

물론 중요한 건 이름이 아닐 수도 있다. 우리에게 빵은 그저 빵일 뿐, 더 세부적으로 구분하는 일은 적으며 그렇게 구분해야 할 필요성이 절실하게 느껴지는 것도 아니니까 이제부터 이어지는 글에서는 그냥 우리 식으로 '빵'으로 적당히 표현하기로 하자. 언어가 의식을 결정한 다는 언어 결정론 유의 믿음도 있지만 우리의 코와 혀는 제각각의 빵 들을 모두 구분할 수 있으니 그걸로 충분할 것이다.

포르투갈에는 대개 '그 동네의 빵'이라는 것이 있다. 덕분에 새로운 동네에 갈 때마다 그 동네에서 명물로 꼽히는 빵을 먹느라 바빴다. 천안의 호두과자를 서울에서도 먹을 수 있지만 막상 천안까지 갔는 데 그 동네 호두과자를 건너뛴다는 것은 무척 서운한 일이 아니겠는 가. 비슷한 마음으로 아베이루에서는 오부스 몰레스를, 신트라(Sintra) 에서는 케이자다(Queijada)와 트라베세이루(Travesseiro)를 열심히 챙겨 먹었다.

내가 만난 포르투갈의 빵들은 세련되고 예쁘다기보단 좀 투박했다. '이렇게 예쁜 걸 어떻게 먹어?' 할 만한 녀석들이나 SNS에 업로드를 다짐하게 하는 녀석들은 거의 없었다. 심지어 '오늘 제빵사가 휴가여 서 다른 직원이 적당히 만들었나?' 싶은 수준의 빵들도 많이 봤다. 그 런데 희한하게도 그 맛은 어디 내놔도 뒤지지 않을 맛이었다. 보기에 퍽퍽해 보이는 빵들도 실제론 무척이나 부드러웠다.

멋 부리지 않은 빵들 모두 정겹고 소박해서 좋았다. 아침마다 빵 하 나와 커피 한 잔으로 하루를 시작하며 즐거웠던 기억이 아직도 생생 하다. 조금 과장해서 이야기하자면, 빵 때문에, 그저 빵 때문에라도 다시 포르투갈에 가고 싶다.

탈랴 도라다의 밀림에서
포르투 Porto

06

여행을 시작하기 전, 포르투갈에 대해 어설프게나마 사전 조사를 했
을 때 이런 문장을 본 적이 있다.

"포르투는 일하고 브라가는 기도하며
코임브라는 공부하고 리스본은 논다"

브라가는 기도하는 도시, 코임브라(Coimbra)는 대학의 도시라고 불리
는 곳이니까 대강 수긍이 가는데 '포르투는 일하고 리스본은 논다'가
유독 눈길을 끌었다. 포르투는 포르투갈의 경제, 정확히는 공업을 담
당하기 때문에 이 문장 속에서 '일' 담당이 되었다는데 포르투에 머
무르는 동안 그런 느낌은 전혀 받지 못했다. 외지인들이 다니는 곳은
한정되어있어서 그럴 수도 있겠지만, '그냥 멍하니 앉아서 바라만 보
고 있어도 좋은 한가로운 동네였는데 공업지구라니?' 싶은 기분. 그
렇다면 리스본은 대체 얼마나 더 볼거리와 놀 거리가 많다는 건지 문
득 궁금하기도 하다.

본격 포르투 시내 탐방을 시작하며 가장 먼저 찾은 곳은 상 프란시스쿠 성당(Igreja de São Francisco)이었다. 성당은 어느 나라에나 있고 다들 비슷하다 싶기도 한데, 포르투갈의 성당들은 유럽에서 흔히 볼 수 있는 성당들과는 꽤 차이가 있어서 성당 투어를 다니는 내내 놀랍고 새로웠다. 상 프란시스쿠 성당도 마찬가지. 외부 모습은 그저 그런 뻔한 성당으로 보였지만 그 진가는 내부에 있었다.

성당 안쪽으로 들어서니 마치 금빛 덩굴이 성당 안에 한껏 자라난 것 같다. 인공적으로 이렇게 만들 수 있다는 게 믿어지지 않을 정도. 《잭과 콩나무》에서는 잭이 던져버린 콩에서 순식간에 콩나무가 자라나 하룻밤 만에 하늘의 거인 나라까지 닿았다고 했다. 그런 동화가 기꺼이 떠오를 만큼 성당 안의 풍경은 생경하고 신기했다. 그리고 성당 가득히, 강하게 풍기는 '식물'의 느낌은 예수의 가계도를 나무 형태로 표현한 〈이새의 나무〉에서 정점을 찍고야 만다.

이 장식들은 모두 순금으로 만들어진 것은 아니고 나무를 조각한 후 그 위에 얇게 도금을 한 것으로, 이런 장식 기법을 '탈랴 도라다(Talha Dourada)'라 부른다고 한다. 탈랴 도라다를 활용하면 돌을 깎는 것보다 훨씬 작업도 쉽고 빨라지며, 화려하고 풍요로워 보이면서도 전체를 순금으로 만드는 것보단 훨씬 경제적이라는 장점이 있다. 장점이 이리 많은데 유독 포르투갈에서만 이런 장식을 많이 본 게 미스터리라면 또 미스터리다.

코앞에서 하나하나 뜯어보면 엄청나게 화려하고 정교한데 성당 전체를 눈에 담아보았을 때는 마치 하나의 밀림을 닮아있었다. 정확한 이유가 뭔지도 모른 채, 우리는 탈랴 도라다의 밀림에서 한동안 발을 떼지 못했다.

이 성당 바로 옆엔 볼사 궁전(Palácio da Bolsa)이 있다. 상공 회의소로 쓰였던 상업의 궁전이자 포르투 상업 협회의 본부가 있는 곳이다. 상업의 궁전이라니, '역시 일 담당인 포르투답다' 싶기도 하고. 내부에는 여러 개의 홀과 방들이 줄줄이 이어지는데 개인 입장은 불가능하고 인솔자와 함께 단체 입장만 가능하다. 그도 그런 게 이 궁전엔 그 흔한 이름표나 표지판 하나가 없다. 인솔자가 설명을 해주지 않으면 여기가 대체 뭐하는 공간인지 알아볼 수가 없는 것이다. 어차피 포르투 내에서 인솔자를 따라 '견학'이나 '관람'스러운 경험을 할 수 있는 곳은 몇 곳 없기도 하니 한 번쯤은 누군가의 말에 귀 기울이며 쫄래쫄래 따라다니는 것도 나쁘지는 않다.

아마도 궁전 내에서 가장 특징적인 공간이라면 당시 환전을 담당했던 국제 홀과 무도장으로 쓰였던 아랍 홀이겠지만 당연히 다른 공간들도 제각각의 역할이 있다. 우리도 어딘가에선 역할이 있을까? 이전에 회사에서 내가 하던 역할이 분명히 있었지만, 내가 나온 뒤에 회사가 망했다는 소식은 들리지 않는다. 당연히 나 없이도 잘 되어가고 있겠지. 누군가 내가 하던 일을 왕창 떠맡고 불만을 표하고 있을지언정 전체적으로 봐서는 아무런 문제가 없는 것, 그게 바로 시스템의 힘이겠지만 그렇다면 그런 시스템 안의 우리는 대체 어떤 존재인 걸까? 확실한 건 어느 날 갑자기 볼사 궁전의 방 한 개가 사라진다면 난리법석이 날 테지만 우리의 경우엔 아니라는 것. 약간은 쓸쓸하기도 하지만 한편으론 그렇게 대단한 인물이 되고 싶은 생각도 없으니 그럭저럭 괜찮다.

▲ 포르투갈과 무역 협정을 맺은 20여 개 나라의 문장이 표현되어있다

▲ 스페인의 알함브라 궁전에서 모티브를 따왔다는 아랍 홀은 무도회장으로 쓰였다고 한다

겨울이 좋은 이유
포르투 Porto

히베이라 광장(Praça da Ribeira)으로 들어서니 주변에 빛바랜 건물들이
가득하다. 아마도 오랜 시간을 덧입으며 그렇게 된 것이겠지. 항간엔
포르투갈이 이런 건물들을 다시 선명하게 칠해서 쨍한 색감을 유지
할 만큼의 돈도 없는, 이른바 가난한 나라라서 그렇다는 말도 있지만
이 지역은 통째로 유네스코 문화유산으로 지정된 곳이니 아마 마음

대로 마구 덧칠할 수도 없게 되어있을 것이다. 그리고 설령 정말 가난해서 그렇다고 해도 세월의 더께에서 오는 아련한 느낌 또한 그 자체의 매력이니 굳이 덧칠할 이유는 없어 보였다.

골목골목이 풍기는 느낌이 다르고 건물들이나, 그와 어우러지는 좀 더 넓은 시야의 풍경도 멋지기 때문에 찬찬히 걸으며 구경하는 것이 가장 좋지만 끔찍하게도 포르투(물론 리스본도!)엔 언덕이 많다. 한국도 언덕이라면 어디 내놓아도 빠지지 않지만 이 동네의 언덕은 정말 상상 초월이다. 가파른 언덕은 차라리 절벽에 가깝다. 어쨌든 사람이 이동은 해야 하니 그 절벽 옆구리엔 늘 빽빽한 계단이 자리 잡고 있다. 매일 저런 계단을 오르내려야 한다고 생각하면 아찔할 정도인데, 다

행히도 언덕을 오르내리는 특수한 대중교통들이 있다. 푸니쿨라나 케이블카 같은 것들 말이다. 일단 푸니쿨라를 타고 강변에서 절벽을 하나 오르기로 했다. 100년도 넘은 케이블카다. 이런 게 있는 걸 보면 이 동네 사람들은 매서운 지형과 징글징글하게도 싸워온 모양이다.

푸니쿨라에서 내리면 동 루이스 1세 다리(Ponte de Dom Luis I)를 건너 강 건너편의 빌라 노바 드 가이아(Vila Nova de Gaia) 지역으로 갈 수 있지만 그 전에 산타 클라라 성당(Igreja de Santa Clara)에 들렀다. 외관은 회색 돌덩이를 닮은 소박한 성당이지만 그 안쪽의 탈랴 도라다가 어마어마하다고 해서 꼭 직접 보고 싶었다. 그런데 2시 반부터 문을 연다더니 2시 반이 넘었는데도 문이 굳게 닫혀있다. '갑작스레 쉬는 날인가? 딱히 그런 안내는 없어 보이는데?' 하고 다른 사람들과 함께 얼마간 엉거주춤 서 있으니 이내 성당 앞에 조그만 자동차 한 대가 나타난다. 관리인인 듯한 아저씨가 얼른 주차를 하고 "쏘리!"를 외치며 그제야 성당 문을 열어준다. 아마도 점심을 먹다 조금 늦어진 모양이다. 그런데 기다리던 사람들 중 그 누구도 불평하지 않는다. 다들

여행 중이어서 마음의 여유를 장착하게 된 것인지, 아니면 본래 천성이 그런 사람들인지 알 순 없지만 대단한 사람들인 건 분명하다. 관대한 사람들!

성당의 규모 자체는 아담하지만 그 안쪽의 세계는 실로 어마어마했다. 천장을 포함한 내부 전체를 탈랴 도라다로 장식해두었다. 다만 실내에 딱히 조명이랄 게 없어서 반드시 밝은 시간대에 방문하는 것을 추천한다. 사진 촬영은 엄격하게 금지되고 있었는데 굳이 그렇게 금지하지 않아도 너무 어두워서 사진을 찍기가 어려울 정도였다. 이날은 해와 구름이 오락가락했는데 해가 났을 때는 탈랴 도라다가 보이고, 구름이 끼었을 때는 보이지 않는 상황이 계속 반복되었다.

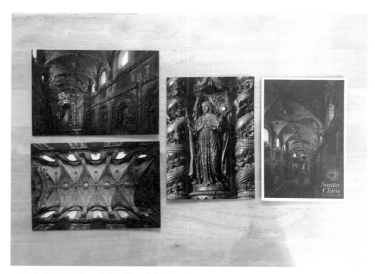

▲ 성당 내부의 탈랴 도라다를 담은 사진엽서로 아쉬움을 달래본다

성당 구경을 마치고는 커피를 한 잔 마셨다. 한국보다야 훨씬 따뜻한 포르투이지만 오랜 시간을 바깥에서 보내다 보면 역시 만만치가 않다. 난 겨울을 그다지 좋아하지 않지만 그래도 겨울이 좋은 이유를 억지로 찾아보자면 그건 따뜻한 커피가 어울리기 때문이다. 난 얼음만 가득 채운 아이스 커피를 좋아하지 않는다. 그 값을 내고 내가 산 것이 커피인지 얼음인지 구별이 되지 않기도 하고, 따뜻한 커피에 비해 맛도 맹맹해서다. 커피를 쭉 마시고 나면 얼음만 덜그럭거리고 남는 것도 싫다. 그래서 여름에도 더위를 참아가며 따뜻한 커피를 마시는 일이 많다. 주변에선 당연히 이상하게 생각해 "날도 더운데 왜 뜨거운 걸 드세요?"라거나 "안 더워요?"하는 질문이 꼭 따라붙는다. 이

런저런 부연 설명 없이 마음껏 따뜻한 커피와 차를 마실 수 있는 계절이 겨울이니까. 그 점 하나는 참 마음에 든다.

말 나온 김에 커피와 관련해 하나 더 싫은 것을 꼽아보자면 그간 한국에서 경험했던 많은 카페에선 대개 묻지도 않고 종이컵에 음료를 담아주었다는 것. 남들보다 유달리 환경 오염 문제나 환경 호르몬 등에 지대한 관심이 있어서라기보다도 그 얄팍하고 조악한 컵을 손에 쥘 때의 느낌도 별로고 그 컵이 입술에 닿는 느낌도 몹시 별로여서 그렇다. 내 입장에서 종이컵은 손잡이도 없고 두께감도 없는 이상한 물건일 뿐이다.

가게에서 깨끗이 씻고 말리고 하는 등의 관리가 어려워서 그렇겠지만 부디 한국에서도 제대로 된 커피잔에 커피를 담아줬으면 좋겠다. 특히 에스프레소가 커다란 아메리카노용 종이컵에 담겨 나올 때 어찌나 꼴사납던지! 다행히도 포르투갈의 카페에선 종이컵에 담긴 커피를 받은 적이 한 번도 없었다.

시간의 흐름과는 상관없다
빌라 노바 드 가이아 Vila Nova de Gaia

08

동 루이스 1세 다리를 건너면, 다시 말해 히베이라 광장의 강 건너편
은 '빌라 노바 드 가이아'라는 지역으로 엄밀히 따지면 포르투가 아
니지만 그냥 일반적으로는 포르투라고 한다. 포르투 하면 역시나 포
트 와인(Port Wine)을 가장 알아주는데 어차피 이쪽 지역이 포트 와인
스폿이기 때문에 이리저리 따져봐도 포르투라고 불리는 게 양쪽 모

두에 이득이다.

"포르투에서 가장 유명한 건 포트 와인이어서 포르투에선 포트 와인 와이너리 투어가 인기 있어. 심지어 이름도 'Port Wine'이니까 도시 이름인 'Porto'랑 비슷하잖아. 원래 Porto라는 단어가 Port라는 의미거든. 그런데 사실 포르투엔 포트 와인 와이너리가 없어. 빌라 노바 드 가이아라는 지역에 가야만 구경할 수 있지. 뭐, 포르투에서 그다지 멀진 않은 동네야"라고 구구절절 설명하는 것보다야 백번 간편한 얘기니까. 어차피 우리의 편의를 위해서, 혹은 또 다른 이유로 군이 설명하지 않는 것들이 세상에 얼마나 많은가.

동 루이스 1세 다리는 마치 철근으로 듬성듬성, 굵게 뜨개질을 해놓은 것 같은 모습이다. 다리 위에서 내려다보이는 풍경 역시 아름답다. 운치 있고 낭만적이다. 스케치북이라도 펼친 채 주저앉고 싶은 풍경이지만 바람이 몹시 불어 현실적으로는 어려울 성 싶었다.

다리는 도우루 강을 기준으로 양쪽의 고지대들을 연결하기 때문에 다리를 건넌 뒤에 강변으로 내려가려면 역시나 절벽을 기어 내려가

야 하는 수준이지만 이쪽엔 푸니쿨라 대신 케이블카(Teleférico de Gaia)
가 있다.

케이블카에서 내리면 본격 와이너리 탐방을 시작할 수 있다. 이쪽
엔 각종 와이너리들이 즐비하고 여러 회사들의 와인을 맛볼 수 있으
니 일종의 와인 천국 같은 곳이다. 시음은 무료인 곳도 있고 돈을 받
는 곳도 있는데 당연히 돈을 받는 곳이 더 맛도 좋고 이런저런 설명
도 자세히 해준다. 우린 총 세 군데를 방문했는데 그 중에선 1692년
에 문을 연, 가장 오래된 포트 와인 와이너리인 테일러 와인 하우스
(Taylor's Port Wine House)가 아마 가장 유명한 곳이었을 듯하다. 하지만
우리 입엔 크로프트(Croft)가 더 맞았다. 빛깔도 어찌나 영롱하던지.
그 빛깔은 먹기 아까울 만큼 보석처럼 빛났다.

포트 와인은 일반 와인과는 아예 다른 종류의 술이라고 봐야 한다. 포트 와인은 발효가 완성되기 전에 브랜디를 섞어 숙성을 중단시키기 때문에 우리가 흔히 접하는 보통의 와인보다 더 도수가 높고, 더 단 맛이 나는 것이 특징이다. 떫은 와인이라면 질색하는 나 같은 사람에게 딱인. 그래서 어쩌면 반주보단 디저트 와인으로 더 어울리겠다는 느낌도 받았다.

안주 없이 계속 여러 와인들을 맛보다 보니 어느덧 노곤해졌다. 비록 작은 양이지만, 계속 술만 밀어 넣는 것은 꽤 체력 달리는 일이다. 홀짝홀짝하는 동안 시간도 꽤 흘렀다. 이런 술은 후딱 털어 넣어 원 샷하고 일어나는 그런 유의 술이 아니니까 급할 것 없다. 본래 난 맥주

한 잔으로 두 시간은 버틸 수 있는 사람인데 일명 조직 생활에선 그렇게 할 수가 없었다. 여기서 한량처럼 앉아있다 보니 집에도 가지 못한 채 붙잡혀 강제로 폭탄주를 들이붓던 일들이, 그리고 '술 때문에', '회사 생활 오래 하려면'이라는 말들로 무마되어 억지로 용서해야만 했던 수많은 죄악들이 아득하게 느껴진다.

시간은 흐른다. 그에 꼭 비례한다고는 할 수 없지만 기억도 어느 정도는 비슷하게 흐른다. 하지만 때때로 강렬한 기억은 누군가의 인생 전체를 지배하며 영원히 그 사람을 끌고 다니기도 한다. 그건 시간의 흐름과는 상관없다. 그러니까 시간의 물살을 버틸 만큼 강렬한 기억들은 부디 모두 좋은 기억들이었으면 좋겠다.

여행자의 단골집
도오루 밸리 Douro Valley

09

이번 여정 중 한국에서 미리 준비한 게 있다면 바로 오늘 참여하기로 한 '도오루 밸리(Douro Valley) 당일 투어'이다. 현지 여행사의 가이드와 함께 도오루 밸리로 이동해 구경하고, 와이너리도 두어 군데 정도 들러 와인 테이스팅도 하는 일정이다. 차에 가만히 앉아있으면 가이드가 다 알아서 데려다주고 설명해주고 밥도 먹여준다. 내리라고 할 때

내리고, 타라고 할 때 타면 된다. 보통은 그런 수동적인 흐름이 싫어서 패키지로 구성된 여행 상품을 꺼리지만 일단 와인 테이스팅을 하면 운전을 할 수가 없으니 스스로 차를 끌고 다니면서 경험하기는 어려운 내용이다. 게다가 도오루 밸리가 포르투에서 꽤 멀기도 멀다.

부지런히 달리다 보니 차창 밖으로 짙었던 아침 안개가 서서히 사라지며 도오루 밸리의 모습이 드러난다. 가파른 산기슭에 포도를 키우기 위해 계단식으로 포도밭을 만들어둔 모습! 엄청나다. 먹고 살기 위해서 이렇게 했겠지. 동서양을 통틀어 밥벌이는 참 어려운 일인 듯싶다. 게다가 그 '계단' 하나하나의 폭이 매우 좁은 터라 기계를 이용할 수 없어 일일이 다 사람이 직접 손으로 작업해야 한다는 이야기는 조금 슬프기까지 했다.

▲ 와인의 색깔을 정확히 볼 수 있도록 흰 종이를 깔아준다

실제로 포도를 으깨 와인을 만드는 작업실, 여러 까다로운 조건들을 맞춰가며 숙성을 진행하는 숙성실 구경과 여러 종류의 와인 시음 등을 모두 포함한 와이너리 투어를 마친 뒤엔 피냐오(Pinhao)라는 도오루 밸리의 작은 마을에

서 한 시간 정도 배도 탔다. 풍경이 멋진 건 좋았지만 맞바람이 치니
어찌나 춥던지, 막바지엔 배에 탄 승객들과 배를 운전하던 운전사까
지 모두 함께 오들오들 떨었다.

하루 동안 와이너리 두어 군데를 들러서 실컷 와인 시음을 했고, 점심에 식사를 할 때도 와인을 마셨으니 제법 많은 술을 마셨다. 모든 일정을 마치고 포르투로 돌아오니 멀쩡한 사람은 오늘 일정을 주도한 가이드뿐. 게다가 결과적으로 우린 어제도 과음, 오늘도 연달아 과음한 꼴이다. 해장이 필요하구나. 숙소 근처 중식당으로 가자.

원래 국물 종류는 스프처럼 애피타이저 용도여서 작은 사이즈만 있다길래 해장을 위해 크게 만들어달라고 주방에 특별히 부탁을 했다. 여기에 공깃밥까지 말아먹고 나서야 간신히 정신을 차렸다. 다른 건 몰라도 해장만큼은 정말 다른 음식으

로 하기가 어렵다. 아마 처음에 그렇게 배워서 그런 것이겠지. 콩나물국이라든가 북엇국을 구할 수 없다면 하다 못 해 우동 국물이나 라면 국물이라도 있어야 한다. 술을 마시고 난 뒤, 허했던 배가 빠르게 따뜻해지는 그 느낌이 매우 좋다. 그러니까 국물 없는 삶은 상상하지 않는 걸로.

이렇듯 외지에서 만나는 중식당은 거의 신의 축복이다. 만약에 비슷한 상황에서 중식당이 없다면 내 경우엔 태국 음식점이나 베트남 음식점이라도 찾아야 한다. 그래야 쌀로 죽을 끓여달라고 부탁이라도 할 수 있다. 다행히도 대개 중식당은 세상 어디에나 있다. 게다가 이집엔 어제도 왔고 오늘도 왔으니, 이 집은 어느새 '여행자의 단골집'이 된 셈이다.

이런 곳에 갈 때마다 종업원들은 무척 반가워하며 중국어로 말을 거는데 그들이 가지는 일종의 기대를 깨는 것 같아 조금은 미안하기도 하다. 이 집에서도 종업원들로부터 '중국인이냐', '중국어를 할 수 있느냐', '중국 음식을 좋아하느냐' 따위의 질문을 몇 번 받았다.

문득 주변을 둘러보니 젓가락을 사용하는 테이블은 우리뿐이다. 다들 볶음 국수를 스파게티 먹듯 포크로 돌돌 말아서 먹고 있다. 그들은 가게 안으로 들어서며 우릴 보고 이렇게 생각하며 조금이나마 안도했지 않을까?

"오, 진짜 중국인이 먹고 있네, 맛있는 집인가 봐!"

모든 노동은 정말로 존엄한가
포르투 Porto

10

오늘은 포르투를 떠나 리스본으로 가기로 한 날이다. 미리 특가로 기차표를 예매해두었기 때문에 다른 변동의 가능성은 전혀 없다. 전체 일정을 보았을 때는 아직 많은 날들이 남아있다. 하지만 오늘 포르투를 떠나면 아마 다시는 포르투에 들르지 못할 것이다. 내가 살아갈 날들 중에서 다시 이 낭만적인 도시에 오게 될 일이 있을까? 간절히 바란다면야 못할 일도 아니긴 하겠지만, 과연 '포르투 재방문'이 내가 간절히 바랄 수 있는 일인지 확신이 서지 않는다. 그건 이 도시가 후져서가 아니라 살다 보면 더 급한 일들이 생겨나고 그럴 때마다 여행이나 휴식은 늘 후순위가 되어버리기 때문이다. 나의 지난날들은 늘 그랬었다. 아마도 그랬기에 지금 이토록 엉망이 되어 여기에 와있는 것이겠지. 이 도피를 마치고 내 자리로 되돌아갔을 때, 과연 나는 어떻게 살 것인가.

포르투에서의 마지막 아침, 클레리구스 탑(Torre dos Clérigos)에 올랐다. 그동안 유럽에서 수많은 탑과 전망대를 올라보았지만 이토록 계단이 좁은 곳은 처음이었다. 아래에서 올라가고 있는 중에 누군가 위에

▲ 위로 오를수록 더 어둡고 더 좁아진다

서 내려오기라도 하면 비켜줄 공간이 없다. 원래는 오르고 내리는 인원을 시간에 따라 제한하는 것 같은데 이때는 이른 아침이기도 하고 탑에 오르는 사람도 별로 없어서인지 관리인이 보이질 않았다. 다행히도 별일은 없었으나 중간중간 누군가를 마주칠 때마다 서로 당혹스러운 얼굴을 하고 조심조심, 최대한 벽 쪽으로 밀착한 채 스쳐 지나야만 했던 경험은 꽤 오래 기억에 남았다. 쾌적한 여행을 위해서도 살이 찌면 곤란하겠구나.

탑 꼭대기에 오르고 나니 지난 며칠간 발품을 팔아 열심히 걸어 다닌 곳들이 모두 보인다. '이쪽은 가게가 있었고, 저쪽은 카페가 있었지. 저 너머는 가보자, 가보자 해놓고 결국은 못 가보았구나. 택시가 갔던

길이 이쪽 길이었나? 기차역은 어느 쪽이었더라…'하는 식으로 높은
곳에선 지난 며칠 간의 행적을 한눈에 볼 수 있어 좋다. 근교를 둘러
보느라 정작 포르투 시내에선 충분한 시간을 보내지 못한 것 같아 뒤
늦게 아쉽다. 그렇지만 아무리 돌이켜보아도 '그때 거기 가지 말고 그
냥 여기 시내에 눌러 앉아있을걸' 싶었던 곳은 단 한 군데도 없다. 후
회되는 날 같은 건 없지만 아쉬움은 그것과는 별개인 모양이다. 아마
여기에 한 달을 머물렀어도 아쉬웠을 것이다. 우리의 지난 며칠을 곱
씹는 사이 서서히 아침 안개가 걷히기 시작한다.

근처엔 카르무(Carmo) / 카르멜리타스(Carmelitas) 성당이 있다. 외관에
아주 넓은 면적을 아우르는 아줄레주 장식이 있어 멀리서도 눈에 띈
다. '성당 이름이 뭐 이래' 싶지만 이 성당은 두 개의 성당이 붙어있

▲ 하나의 큰 건물처럼 보이는데 자세히 보면 세 채로 제각각이다

는 것으로, 정확히 표현하자면 세 채의 건물로 이루어져있다. 심플하
게 지어진 왼쪽은 카르멜리타스 성당이고 좀 더 화려하게 꾸며진 오
른쪽은 카르무 성당이다. 그리고 그 두 성당 사이에는 한 채로 세기
도 애매할 정도의 아주 좁은 건물이 있다. 세계에서 가장 좁은 건물
로 기록되어있다고 하니 이건 과장이 아니다. 당시의 교회법(카르멜리
타스 성당엔 수녀들이 있었고 카르무 성당엔 수도사들이 있었다고 하는데 그 둘을 붙
여 놓을 수 없었다고 한다) 때문에 두 성당이 바로 붙어있을 수는 없어 가
운데 이런 장치를 할 수밖에 없었다고 한다. 즉, 이 좁은 집은 당시 법
망을 피하기 위한 일종의 꼼수인 셈이다. 이렇게 꼼수를 부리면서까
지 두 성당을 나란히 붙여 짓고 싶었던 이유를 끝내 알 수 없어 아쉬
웠다. 뭔가 재미난 뒷이야기가 있을 것도 같은데….

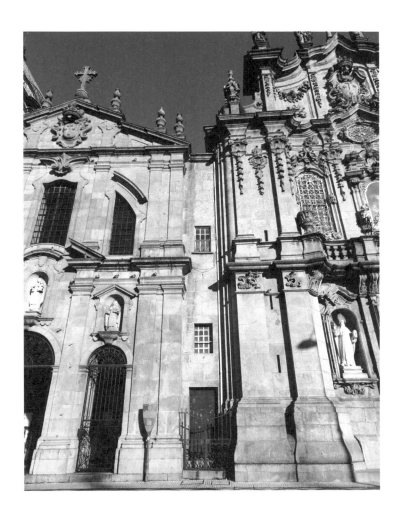

어느덧 근처의 렐루 서점(Livraria Lello e Irmão)도 문을 열었다. 사람마다 취향은 제각각이니 '아름답다'는 것도 그만큼 제각각이겠지만, 많은 사람들이 '세상에서 가장 아름다운 서점'으로 꼽는 곳 중엔 렐루 서점이 꼭 포함되어있으니 안 들러볼 수가 없다.

렐루 서점을 대표하는 이미지는 아마도 나선형의 빨간 계단일 터. 하지만 이 계단을 나선형이라고 표현하는 게 정확한 표현인지는 의문이다. 우리가 상상하는 흔한 나선형 계단과는 많이 다르게 생겼으니까. 심지어 이 계단은 나무 계단처럼 보이지만 사실은 나무도 아닌, 석회에 나무색을 덧칠해 '나무인 척'하는 말 그대로 정말 이상한 계단이다. 마치 '마법사의 계단'이 이렇게 생겼을까 싶은데 아니나 다를까 조앤 롤링도 해리 포터 시리즈의 배경이 되는 '호그와트 마법학교'에 대한 영감을 이 계단에서 받았다고 밝힌 바가 있다.

1906년 문을 연 렐루 서점은 본래 포르투갈의 현대 문학 작가들이 교류하는 '살롱'의 역할에 충실했던 곳이었다고 한다. 하지만 지금은 해리포터의 인기 덕에 수많은 사람이 서점을 구경하려고 몰려들기에 입장을 위해 줄을 서야 하는 것은 기본, 심지어 입장권도 구매해야 한다. '잠깐, 서점에 입장료라니? 너무 상술이 심하네. 이곳 주인은 조앤 롤링에게 큰절이라도 해야겠어'하는 생각이 든 것도 잠시. 서점은 책을 팔아야 운영이 되는 운명인데 책은 사지 않고 인증샷만 찍고 돌아서는 사람들이 점점 많아지니 정작 책을 읽고 사려고 오던 사람들은 그 어수선한 분위기에 발길을 끊어버렸을 터. 서점 측에서도 고민 끝에 이런 방법을 마련한 게 아닐까 하고 생각하니 한편으론 안됐다 싶은 생각도 들었다.

입장료를 내고 들어선 서점은 생각보다는 작았지만 무척이나 우아했다. 이토록 사람이 가득한데도 특유의 우아함을 잃지 않는 공간이라니.

어수선한 분위기 때문에 조용히 책을 읽으며 사색에 빠질 수 있을 만한 곳이 못 되는 건 분명했지만, '서점'이라는 이름만 없었다면 입장료를 지불하는 게 이상하지 않을 정도로 멋진 곳이었다.

많은 사람들이 빨간 계단에서 사진을 찍고 급히 다음 목적지로 이동하곤 하지만 계단보다도 더 눈길을 끌었던 건 서점 2층의 스테인드글라스였다. 지나치게 화려하지도, 심심하지도 않게 꾸며져 있어 전체적인 공간에 차분한 분위기를 더해주던 스테인드글라스. 그 스테인드글라스의 중앙엔 대장장이가 망치질을 하는 모습과 함께 'Decus in Labore'라고 적혀 있는데 이는 '노동의 존엄성'이라는 뜻이라고 한다. 시대의 흐름에 맞춰 변화하는 것은 어쩔 수 없는 일이겠지만 50년 넘게 책을 팔아오던 서점의 진짜 주인 대신 이젠 젊고 빠릿빠릿한 알바생들이 입장권을 팔고, 확인하고, 손님들을 줄 세우고 통제한다. 입장권을 사지 않고 안쪽을 보려고 기웃거리는 공짜 손님들을 쫓아버리는 일도 한다. 이런 상황에서 과연 '노동의 존엄성'이란 무엇인지, 정말로 모든 노동은 존엄한지 다시금 생각해보았지만 이에 대해 쉽게 대답할 수는 없을 것 같다는 결론을 내렸다.

그렇다면 질문을 조금 바꾸는 것이 좋겠다.
과연 이 시대의 템부 서점은 존엄한가?
템부 서점에서 행해지는 모든 노동은 정말 존엄한 일들인가?

여행의 재료, 한 잔의 술

술을 잘 마시지는 못하지만, 내 경우에 그 나라의 술을 마셔보는 재미를 여행의 재미에서 빼놓으면 섭섭하다. 게다가 포르투갈은 다른 유럽 국가들에 비해 식비가 저렴한 편인데, 술값 또한 마찬가지이니 매끼 반주를 곁들이기 참 좋은 나라이기도 하다. 덕분에 머무르는 동안 꽤 자주 술을 마신 것 같은데 다른 곳에선 보지 못했던 조금 독특한 술들이 있어 소개하고자 한다.

🍷 와인 Wine

유럽의 와인이라고 하면 이탈리아나 프랑스, 스페인 정도를 떠올리기 쉽지만 그보다 훨씬 많은 나라들이 독자적인 와인을 가지고 있으며 이는 포르투갈도 마찬가지이다. 2017년 기준으로 포르투갈은 전 세계에서 와인 생산량 11위를 기록했으며, 계속 성장 중이다.

포트 와인(Port Wine)

포르투갈의 와인 중 가장 잘 알려진 것은 아마도 포트 와인(Port Wine)일 것이다. 일반적으로 포도의 품질, 숙성 기간 등에 따라 루비(Ruby),

토니(Tawny), LBV(Late-Bottled Vintage), 빈티지(Vintage) 등으로 구분된다.

포트 와인은 발효가 완성되기 전에 브랜디를 섞어 숙성을 중단시키기 때문에 우리가 흔히 접하는 보통의 와인보다 더 도수가 높고, 더 단 맛이 나는 것이 특징이다.

예전에 영국으로 와인을 운반하던 중, 변질되는 것을 막기 위해 와인에 브랜디를 섞었던 것이 포트 와인의 시초라고 알려져 있는데, 그보다 훨씬 더 예전부터 포르투갈의 뱃사람들이 항해를 떠날 때 와인에 브랜디를 탔었다는 설도 있다.

포트 와인에 대해 더 알고 싶다면 포트 와인 와이너리 투어나 시음 등 관광객이 참여할 수 있는 프로그램들이 많이 있으니 염두에 두자.

비뉴 베르드(Vinho Verde)

포르투갈 북부(미뉴 지방)에서는 기후의 영향으로 포도가 완전히 익기 전에 미리 수확을 해야 했는데, 이렇게 덜 익은 포도로 와인을 만들다 보니 덜 달고 도수도 낮은 와인이 만들어졌다. 이 와인을 비뉴 베르드(Vinho Verde)라고 한다. 지금은 기술의 발달로 포도를 완전히 익혀 수확할 수도 있지만, 그래도 여전히 비뉴 베르드는 생산되며 많은 사랑을 받고 있다. 영어로 번역하면 'Green Wine'이 되는데 덜 익어서 푸르스름한 포도를 뜻하는 것일 뿐 정말로 와인이 녹색인 것은 아니다. 실제로는 화이트 와인과 비슷한 색감으로 약간 연둣빛이 도는 정도이다. 가볍고 상큼한 느낌에 다른 와인보다 단맛도 덜하기 때문에 특유의 깔끔한 청량감이 특징. 도수도 낮으니 한번 시도해보기에

적절할 것으로 생각된다. 마트에서 쉽게 구할 수 있다.

일반 와인(Still Wine)

포르투갈의 와인이라고 하면 포트 와인이나 비뉴 베르드가 대표적이긴 하지만 우리가 잘 알고 있는 일반적인 와인(Still Wine)의 품질 또한 결코 뒤지지 않는다. 다만 이런 와인은 대부분 내수용으로 생산되고 소진되기 때문에 국제적으로 홍보가 잘 안 되어 외국인들에게는 인지도가 낮은 상황이라고. 하지만 다른 유럽 와인들과 비교했을 때, 비슷한 수준의 와인을 비교적 저렴하게 맛볼 수 있어 주머니 가벼운 여행자들에게는 무척 반가운 존재다. 보통은 도오루(Douro) 와인을 최상급으로 치며 알렌타주(Alentejo) 와인도 좋은 평가를 받고 있다.

🏛 맥주 Cerveja

포르투갈 맥주의 양대산맥은 역시 '수페르복(Superbock, 한국에선 보통 수퍼복이라고 한다)'과 '사그레스(Sagres)'일 듯하다. 한국과 다르게 조금 독특한 점은 아주 작은 미니 사이즈의 맥주가 꽤 보편적으로 팔리고 있다는 것. 소용량은 역시 부담 없이 마시기에 좋다.

식당이나 바에서 생맥주를 주문할 경우도 있다. 그런데 포르투갈은 아주 작은 나라이면서도 지역색이 분명해서 같은 생맥주를 리스본에서는 '임페리알(Imperial)', 포르투에서는 '피누(Fino)'라고 한다. 포르투에서 임페리알을 찾거나, 리스본에서 피누를 찾으면 종업원들이 조금 이상한 눈으로 쳐다본다. 이건 내가 이방인이어도 예외가 아니다. 헷갈릴 것 같으면 차라리 '세르베자(Cerveja)'라고 외치자. 이 단어는 지역색과 관계없는 중립적인 단어다. 그리고 생맥주에 세븐업 등 탄산음료를 섞어 먹는 경우도 많아 깜빡 주문을 잘못하면 맥주답지 않은 달콤한 음료가 나오기도 한다.

🍺 그 외(브랜디 등)

아멘두아 아마르가(Amendoa Amarga)

아몬드로 만든, 시원하게 마시는 술로 정확히 어떻게 만드는 건진 모르겠지만 정말 몸서리가 쳐질 정도로 달다. 과일의 단맛은 아니지만 그 맛이 너무 강해서 식사와 함께하기엔 조금 무리가 있다. 대신 늦은 밤 바에서 안주 없이 홀짝홀짝하기에 좋았다.

아구아르덴트 벨랴(Aguardente Velha)

비뉴 베르드를 만드는 포도를 가지고서 코냑을 만들 듯이 오크통에서 숙성시켜 만드는 술이라고 한다. 브랜디여서 목구멍이 타들어 가는 느

껌은 어쩔 수 없는 듯하다. 이런 술을 음미하며 찬찬히 마실 수 있는 날이 오긴 오려나 싶기도 하고. 그래도 향은 정말 좋다. 술잔에 절로 입술을 가져다 댈 향이다.

진쟈(Ginjinha / Ginja)

아마 포르투갈의 전통술 중 가장 잘 알려진 술일 텐데, 체리로 담근 술이기에 체리 특유의 새콤달콤한 맛이 일품이다. 워낙 달기 때문에 많은 양을 마시기는 어렵다. 이 술은 초콜릿으로 만들어진 잔에 따라 먹어야 제대로 먹었다고 할 수 있다. 한 잔 쭉 마신 후 쌉싸름한 맛의 초콜릿 컵까지 우걱우걱 먹어 없애면 된다.

맛있으면 행복하다
포르투 그리고 리스본

11

난 미술관이나 박물관에서 시간 보내는 것을 무척이나 즐기는 편이지만, 그렇지 않은 사람들도 제법 많다는 점 역시 알고 있다. '작품과 화가에 대한 숨겨진 뒷이야기를 몰라서 재미가 없는 게 아닐까' 하고 막연히 생각했는데 그보다는 '나란히 정리해서 늘어놓은 걸 가만히 쳐다보는 게 지루해서 싫다'라고 한다. "파리에 다녀왔다면서 루브르 박물관에 안 갔다고?!"라든가 "피렌체에서 우피치 미술관 안 가고 뭐 했어?!" 따위의 말을 듣기 싫어 억지로 방문을 해보기도 하지만 여전히 재미가 없다고.

그런 사람들에게 포르투갈은 최적의 여행지가 될 것 같다. '포르투갈에 방문했다면 꼭 가보아야 할 미술관이나 박물관' 같은 건 없다. "포르투에 갔었다면서 소아레스 도스 레이스 미술관(Museu Soares dos Reis)에 안 갔단 말이야?" 따위의 질문을 할 사람도 별로 없을 것이다. 다시 말해 포르투갈은 '여기는 꼭 가야 해'하는 의무감 없이 편안하게 산책하는 마음으로 둘러보기 좋은 나라다. 나도 포르투갈에 머무르는 동안엔 어느 정도 마음을 내려놓고 매일 술을 마시고 빵을 먹고 바깥을 실컷 걸었다.

그래도 난 미술관과 박물관을 무척 좋아하는 사람이니까 소아레스 도스 레이스 미술관을 그냥 지나칠 수는 없었다. 미술관 덕후가 기껏 포르투까지 왔는데, 그건 안 될 말이다. 게다가 이 미술관은 포르투갈에서 가장 오래된 미술관이라고 하지 않는가!

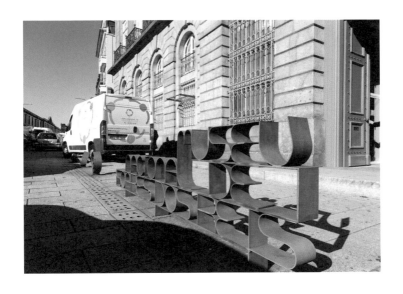

소아레스 도스 레이스 미술관은 처음엔 이런 이름이 아니었지만 포르투 출신의 조각가인 '소아레스 도스 레이스(Soares dos Reis)'를 기리기 위해 후에 이름이 바뀐 거라고 한다. 미술관에선 우리에겐 잘 알려지지 않은, 포르투갈 화가들의 작품을 주로 전시하고 있어 한 눈에 알아볼 수 있는 작품은 없었다. 또한 그림뿐 아니라 포르투갈에서 만든

세라믹 제품들이나 액세서리, 금속 세공품 등도 많이 전시되어있어 보통의 미술관과는 조금 다른 분위기가 느껴지기도 했다. 굳이 따지자면 미술관보단 좀 더 박물관에 가까운 분위기였다.

그중에서도 역시 소아레스 도스 레이스의 조각 작품들이 가장 눈길을 끌었다. 한 나라에서 가장 오래된, 역사 깊은 미술관의 이름에까지 올라 있는 사람이니 그저 그런 사람일 리가 없겠지. 그의 손에서 만들어진 작품들은 로댕의 작품을 닮은 듯하면서도 그보다는 조금 더 부드러운 느낌이었다. 조각 작품들을 볼 때마다 매번 느끼는 거지만 돌을 깎아 이렇게 만들 수 있다는 게 놀라울 따름이다. 찰흙이나 비누로도 이렇게 조각하기는 어려울 것 같기만 하다. 꼬마 숙녀의 꼬불꼬불한 머리카락이나 풍성한 레이스의 표현, 건강한 신체에 알맞은 적당한 근육을 구현해둔 것 등은 소름이 끼칠 정도였다. '사실은 말랑한 촉감인 거 아냐?' 싶어 직접 만져보고 싶었지만 그런 행동은 당연히 안되는 것이므로 꾹 참았다. 반짝반짝하는 대리석 특유의 질감 덕분에 이 조각들이 진짜 돌덩어리라는 걸 간신히 깨달을 수 있었다.

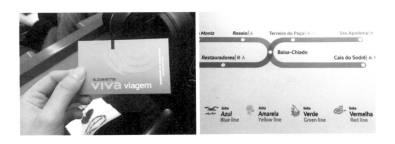

미술관 관람을 마지막으로 드디어 포르투에서의 모든 여정을 마치고 리스본으로 향하는 기차에 올랐다. 파스칼 메르시어(Pascal Mercier)의 《리스본행 야간열차》를 인상 깊게 읽은 탓에 야간열차를 탈까 생각도 했지만 여러 여건상 주간열차로 표를 끊었다. '3시간 정도 걸릴 예정이니까 도착하면 야간이 되어있겠군'이라는 생각은 약간의 위로가 되었다.

리스본에 도착해서는 숙소로 이동하기 위해 지하철을 탔다. 1호선, 2호선 대신 새 라인, 꽃 라인 등으로 표현해둔 게 무척 귀여웠다. 노선도만 봐서는 아기자기하고 낭만적일 것 같지만 의외로 지하철도, 지하철역도 어둡고 울적했다. 이날은 리스본에 발을 들인 첫날이자 밤이라 더 그랬는지 몰라도 약간 무섭기까지 했다.

낯선 곳으로 이동한다는 것은 일종의 긴장감과 함께하는 일이기에 꽤 피곤한 일이다. 이동은 기차가 다 했지만 덩달아 사람도 지쳐버렸다. 저녁은 근처에서 간단히 먹기로 하고 피자집에 들어서니 다들 데이트라도 하는 듯, 사랑이 넘치는 사람들로 가득하다. 주위를 둘러보니 눈에 띄는 이방인은 우리뿐. 둘이서 피자를 한 판만 주문하니 종업원이 조금 의아해하는 듯하더니 아예 처음부터 피자를 반 나눠서 가져다준다. 배려가 넘치는군!

포르투갈에 와서 포르투갈 음식을 먹지 않는 건 바보짓이지만 그렇다고 해서 꼭 그 나라 음식만을 먹어야 한다는 것도 일종의 강박이다. 한국에도 초밥 맛집이 있고 파스타 맛집이 있지 않은가. 어떤 음식이건 간에 그저 맛있으면 그만이고 맛있으면 행복하다. 맛있는 피자 하나로도 충분히 행복할 수 있는 것임을 멀리 와서야 겨우 깨달은 것 같다.

높은 곳의 마력
리스본 Lisboa

12

리스본에서의 첫 숙소는 신시가지에 잡았다. 리스본 볼거리의 대부분은 구시가지에 있지만 어쩌다 보니 그렇게 됐다. 다행히도 신시가지에서 구시가지까지는 대로를 따라 그저 쭉 걸으면 쉽게 도착할 수 있다. 걷는 게 싫다면 지하철로 금방 이동할 수도 있지만 굳이 그럴 이유는 없어 찬찬히 걸어 구시가지로 갔다.

푸니쿨라로 가파른 언덕을 오르자 상 페드루 지 알칸타라 전망대(Miradouro de São Pedro de Alcântara)가 나타난다. 리스본의 언덕엔 꼭 전망대가 하나씩 있다. 전망대가 워낙 많다 보니 그 중엔 유명한 전망대도 있고 별로 그렇지 않은 곳도 있지만, 이곳은 리스본을 방문한 여행자들이 꼭 한 번쯤은 들러보는 아주 유명한 전망대이다. 전망대에서 내려다보면 붉은 지붕들이 빼곡한 리스본의 풍경이 눈앞에 펼쳐진다. 이토록 많은 사람들이 비슷한 모습으로 같은 하늘 아래에서 살아간다는 건 꽤 감동적이다. '비록 지금은 네가 날 핍박하고 있지만 사실은 너나 나나 비슷한 인간이고, 심지어 높은 데서 보면 똑같아 보여'하는 점은 크나큰 위안이다. 물론 그런 깊은 생각 없이 그저 멍

하니 바라보기만 해도 조금은 답답한 마음이 풀리니, 그게 바로 높은 곳의 마력일 것이다. 그렇지 않고서는 그렇게 많은 사람들이 매번 전망대를 찾는 이유를 달리 설명할 수가 없다. 아, 여기에 파란 하늘이 점점 더 넓어지는 듯한 느낌도 추가다.

아주 오래전부터 그 자리에 버티고 있는 것들이 대부분일 것만 같은 리스본이지만 실제론 그렇지 않은 것들이 더 많다는 사실을 아시는지. 1755년 11월에 일어난 리스본 대지진으로 인해 도시의 90%가 파괴되었으며 그 이후 닷새 동안 도시가 불탄 적이 있다. 당시 지진의 규모는 리히터 규모 8.5~9.5로 추정되며, 이는 세계적으로 기록에 남은 최악의 재해 중 하나로 꼽힌다고. 그러니까 지금 리스본에 있는 건물이나 도로 등은 대개 이 이후에 재건된 것들이라고 봐야 한다.

그래도 200년은 넘은 것들이니, 우리 기준에서 보면 오래되긴 했다. 그 와중에 나름 신경 써서 복원을 한다고 해도 이전과 똑같이 하기는 현실적으로 어려웠을 테고, 복원할 게 수만 가지인데 자본은 한정되어있으니 아무래도 장식적인 부분은 많이 덜어졌겠지 싶어 아쉬운 마음도 들었다.

하얗고 심플한 외관의 상 호크 성당(Igreja de São Roque)은 대지진 때 피해를 보지 않아 지진 이전의 화려한 모습을 그대로 간직하는 몇 안 되는 장소이다. 입체감이 느껴지도록 돌을 직접 조각하는 대신 정교하게 무늬를 그려 넣은 아줄레주, 몇 번을 보아도 감탄하게 되는 탈랴 도라다, 일종의 트릭아트처럼 그려진 천장화 등을 구경하느라 눈이 쉴 틈이 없었다. 그중에서도 특히 '상 주앙의 성소'는 바로크 예술의 걸작으로 불린다고 하니 지진 이전의 리스본이 얼마나 호화롭고 예술적인 도시였는지를 짐작게 했다.

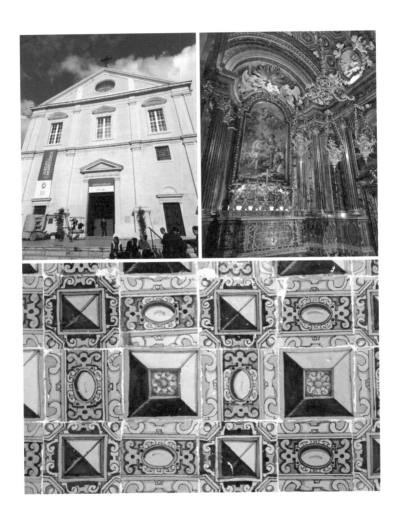

그다지 멀지 않은 곳엔 산타 주스타(Santa Justa) 엘리베이터가 보인다. 엘리베이터 위쪽의 전망대 덕에 지금 이곳은 관광객들이 많이 찾는 명소가 되었지만 예전엔 윗동네와 아랫동네를 연결하는 중요한 대중교통편 중 하나였다고 한다. 실외에 엘리베이터가 있다니! 이 엘리베이터를 타지 않아도 아랫동네로 갈 수는 있지만 우린 빠르고 쉬운 이동을 위해 엘리베이터를 이용했다. 그 시절엔 증기의 힘으로 가동했지만 지금은 전기를 사용한다. 그래도 여전히 구식이라 한 번에 많은 사람을 태우지는 못한다. 아무튼 덕분에 아주 편안하게 아랫동네, 바이샤(Baixa) 지구에 도착했다.

어릴 적 내가 다녔던 학교들은 모두 산꼭대기에 있었다. 조그맣던 시절에 무거운 책가방을 짊어진 채 매일 등산을 하는 일은 정말이지 고

역이었다. 눈이라도 쌓인 날엔 등교 자체가 공포였다. 그래서였을까, 등교하는 길에는 늘 '누군가 이 길에 에스컬레이터나 무빙워크(그 당시엔 무빙워크라는 단어가 없었지만)를 설치해주면 안 되나? 언덕을 한 방에 올라갈 수 있도록 아예 엘리베이터이면 더 좋을 텐데!' 따위의 생각을 했었다.

많은 세월이 지나 어른이 되고 보니 언덕을 오르는 에스컬레이터와 무빙워크가 홍콩에 실제로 있었다. 그리고 언덕을 오르는 엘리베이터는 리스본에 있었구나. 내 세상에만 없었을 뿐 지구 어딘가에는 있는 물건들이었구나. 내가 가본 곳과 가보지 않은 곳, 어차피 나의 세상은 이렇게 둘로 나누어지니 그때의 조그맣던 나로선 어쩔 재간이 없었던 게 당연한 일이었구나.

하지만 어른이 되고 난 지금도, 나는 여전히 나의 세계만을 알고 있을 뿐이다. 내가 모르는 일들이 가득할 또 다른 세계로는 언제쯤 나아가 볼 수 있을까. 낯선 곳에서의 여행은 나에게 이런 질문들을 묵묵히 던지기만 할 뿐, 그 답까지 알려주지는 않는다. 그 답은 '삶'이라는 이름의 긴 여행 속에서 나 스스로 찾아 나가야 할 것 같다.

사람이 하는 일
리스본 Lisboa

13

리스본의 대표적 상업 지구인 바이샤 지구를 걸었다. 7개의 언덕으로
이루어진 리스본에서 유일하게 평지인 곳이다. 관광객을 유혹하는
목 좋은 곳들은 대개 'Tourist Trap'이라 불릴 만한 가격을 제시한다.
하지만 한 발짝만 그 근처에서 벗어나도 가격이 혹하고 떨어지니 다
들 너무나 대놓고 속 보이는 식의 장사를 하고 있다. 이걸 장삿속이
라고 해야 할지 도리어 너무 순진하다고 해야 할지 판단이 서질 않는

다. 어쩌면 '여긴 관광지고 너흰 모두 일회성 손님이니 당연하잖아'라는 생각일 수도 있겠다.

커다란 개선문을 통과해 제법 넓은 코메르시우 광장(Praça do Comércio)에 도착하니 눈앞에 바다가 펼쳐진다. 아니, 사실은 강이다. 그러나 강이 점점 넓어져 바다로 흘러드는 것인데 과연 어디까지를 강이라 하고 어디부터를 바다라 해야 할 것인가. 한국에선 이런 고민을 해본 적이 한 번도 없었다. 강은 강이고 바다는 바다로 각각 존재했다. 이렇게 강과 바다가 이어진 곳을 본 적이 없기도 했지만 좀 더 솔직히 말하자면 그런 것 따위를 궁금해 해본 적이 없었다. 강과 바다는 당연히 이어져 있는 것. 그간 그런 모습을 상상해본 적도 없으니, 얼마나 빈곤한 상상력으로 살아왔는지 새삼 실감하고야 말았다. 아무튼, 둘은 이어져 있으니 모든 건 결국 사람이 정하기 나름이다. 여기까지는 아직 강으로 친다고 한다. 비록 바다처럼 엄청나게 넓고 파도도

치고 있지만 바다가 아니란다. 벨렘(Belém)부터를 진짜 바다로 인정한다고 한다. 벨렘은 며칠 뒤에 따로 시간을 내어 가봐야겠다.

리스본은 포르투갈의 수도이자 포르투갈에서 가장 도시다운 곳임에도 불구하고, 대중교통편들이 시간을 잘 지키지 않는다. 그런데 누구도 그 점에 대해 이상하게 생각하거나 화를 내거나 하지 않는 걸 보니 아마도 그런 일이 일상적으로 일어나는 것 같았다. 이 동네 사람들은 '아직 차가 없네. 그럼 기다려야지'하는 생각 외엔 별생각이 없는 것처럼 보일 정도였다(지금 시내 도로 곳곳이 공사 중이라 더 그런 걸 수도 있다).

버스나 트램의 경우 배차 시간표가 정류장에 적혀있긴 해도, 그 시간표를 지키는 걸 본 적이 없다. 늦게 오기도 하고 어떤 땐 정해진 시간보다 더 일찍 출발하기도 한다. 차와 트램, 자전거, 툭툭 등이 모두 같은 길을 쓰기 때문에 한 길에 뒤엉켜 서 있는 모습도 제법 많이 봤는데 이럴 경우엔 하염없이 늦어지기도 한다. 만약 좁은 길에 누군가 주정차라도 해두었다면 여지없이 운전자가 나타날 때까지 기다려야 한다. 이런 주정차 대부분은 작은 트럭들인데 '누가 남들 지나다니지도 못하게 좁은 길에 비양심적으로 몰래 차를 세워?'라기보다는 골목의 가게에 식자재 등을 납품하기 위해 잠시 세워두는 경우가 많아 당장 차를 빼라고 덮어놓고 요구하기도 어렵다. 다 먹고 살자고 하는 짓인 걸 뻔히 아는 마당에 그렇게 매정하게 굴 수는 없는 일이다. 그

래서일까, 버스나 트램은 엔간해선 빵빵대지 않으며 승객들도 별 불만 없이 기다린다. 볼일이 끝난 트럭들은 미안해하며 얼른 길을 비킨다. 그러면 다시 움직이기 시작한다. 사정이 이렇다 보니 애당초 버스나 트램들이 시간을 딱딱 지킬 수는 없는 구조다.

이런 점은 언덕을 오르는 푸니쿨라 또한 마찬가지인데 푸니쿨라의 경우엔 아예 정해진 시간표라는 것 자체가 없어서, 운전사가 보기에 '이 정도면 적당히 승객이 찼으니 슬슬 출발해야겠다'라고 생각할 때 출발한다. 가끔은 승객이 푸니쿨라 안에 가득 찼을 때도 '잠시 화장실 좀 다녀와서 10분 뒤 출발할게요'라고 통보하고 화장실로 향하기도 한다. 승객의 편의만을 최우선으로 생각한다면 절대 있을 수 없는 일이다.

버스가 늦게 왔다는 점 때문에 분노에 찬 누군가가 운전사를 폭행하는 일이 종종 뉴스에 등장하고, 지긋지긋한 삶에 지친 누군가가 선로에 뛰어들어 목숨을 끊어도 그 때문에 내가 타고 있는 열차의 운행이 지연되는 게 더 짜증 나는 세상. '우리 본부의 지각률'을 운운하며 사람을 달달 볶는 회사, 그런 조직과 사회에 몸담아오던 나에게 이곳은 아예 다른 세상처럼 느껴졌다.

우리는 함께 살아간다. 편의와 효율만을 따진다면 모두 기계에 맡겨버리는 게 나을지도 모르지만, 아직 우리 주변의 많은 일들은 사람이 직접하고 있으니까 그들도 나와 같은 사람이라는 사실을 기억해야 할 것이다. 삶이란 건 때로는 손바닥 뒤집듯 쉽게 서로의 처지가 바뀌기도 하는 법이라 내가 일하고 있을 때 그들이 내 손님으로 나타날지도 모르는 일이다. 그리고 설령 그런 일이 일어나지 않는다고 해도 그들도 나와 같은 '사람'이라는 점엔 변함이 없다. 그러니까 '이건 모두 사람이 하는 일'이라는 생각을 가질 수 있었으면 좋겠다. 삶이란 가끔은 다른 사람이 되어보는 일이 아니던가.

리스본은 찬찬히, 느릿느릿 들여다볼 때 더욱 아름답다. 기다림 또한 여행의 한 요소로 생각하되, 이동 시간은 넉넉히 잡고 일정을 계획하는 것이 좋겠다.

촉촉하면서도 결코 쓸쓸하지 않은
리스본 Lisboa

14

아마도 '리스본'이라고 하면 떠오르는 이미지 중, 빛바랜 파스텔톤의
집들과 가파른 언덕, 좁은 골목길, 빨랫줄에 가득 매달린 빨래 같은
것들은 알파마(Alfama)의 이미지일 것이다. 겨울철엔 비가 자주 오고
날씨가 습해 빨래를 바깥에 널어두는 집은 거의 없지만, 그 점을 제외

한다면 이 동네를 거닐기엔 여름보단 겨울이 낫지 싶다. 언덕은 가파르고, 골목은 미로처럼 뒤엉켜있다. 계단들도 끝이 없다. 차로 절대 다닐 수는 없는 동네다. 때문에 여름에는 조금 버겁지 않을까 생각한다.

이런 동네에서 걷는다는 것은 힘든 일이지만 골목과 건물들 사이사이로 누군가 숨겨 놓은 듯한 작은 식당과 술집들이 쉼 없이 나타나고, 수준급의 그라피티들도 보여 지칠 틈이 없었다. 그러니 알파마에선 별수 없이 열심히 걸어야 한다. 많이 걸을수록 더 많이 보고 느낄 수 있으니 기꺼이 길을 잃어도 좋다. 하지만 길은 어디로든 이어져

있어 내 바람대로 길을 잃고 정처 없이 걷기도 쉽지만은 않았다. 걸으며 둘러보니 '이런 곳을 대체 어떻게 알고 찾아오나?' 싶을 정도로 골목 안쪽에 자리 잡은 식당들도 모두 저녁 손님맞이 준비가 한창이었다. 그런 모습을 보니 '여기까지도 사람들이 찾아오는 모양이지. 맛집에 대한 열망은 동서양과 관계없이 전 인류의 공통적인 마음이구나. 역시 사람 사는 건 다 똑같구나' 싶기도 했다.

알파마는 리스본에서 가장 오래된 지역이자 비교적 옛 모습을 잘 간직하고 있는 곳이다. 이쪽도 대지진 때문에 상당수 파괴되었지만 암반이 워낙 견고한 동네라 다른 동네보다는 피해가 작기도 했고, 구불구불한 길을 유지해가며 원래 자리에 그대로 재건축을 해 예전의 정취가 그나마 많이 남아있는 것이라고 한다. 참 다행스러운 일이다. 만약

그 시절에 복원을 쉽게 하려고 모두 밀어버리고 천편일률적인 아파트 단지로 바꿔버렸다면…. 그런 일은 생각만으로도 엄청난 비극이다. 좁고 가파른 언덕의 골목길을 얼마나 걸었을까. 갑자기 앞이 탁 트인 포르타 두 솔 전망대(Miradouro das Portas do Sol)가 나타나고, 상 페드루지 알칸타라 전망대에서 본 모습과는 또 다른 모습의 리스본이 눈앞에 펼쳐진다. 나는 이쪽의 풍경이 더 마음에 들었다. 세련되진 않지만 차분하고 점잖으며, 아련하고 촉촉하면서도 전혀 쓸쓸하지 않은 풍경. 포르타 두 솔 전망대에서 마주한 한 컷의 풍경만으로 어느새 리스본을 사랑하게 되었다.

전망대 입구엔 리스본의 수호성인인 '상 비센테(São Vicente)'의 동상이 서 있다. 꼭 이곳이 아니더라도 리스본에서 만날 수 있는 여러 상징

물 중 '배와 까마귀 두 마리'가 보인다면 이는 모두 그를 표현한 것이라고 보면 된다. 그리스도교가 금지되어있던 로마 제국 시절, 순교한 그의 시신은 포르투갈의 남쪽 시골 동네인 사그레스(Sagres)에 묻혔다. 오랜 시간이 지난 후, 그의 유해를 리스본으로 옮겨오려고 하였으나 어디에 묻혀있는지 알 수 없었는데 까마귀들이 이를 찾아내 주었다고 한다. 그렇게 찾아낸 유해를 배에 싣고 리스본으로 모셔오는 동안에도 까마귀 두 마리가 끝까지 동행하며 배를 지켰다는 이야기도 함께 전해진다. 그래서 지금까지도 배와 까마귀는 상 비센테의 상징으로 남아있다. 이런 간단한 이야기를 알고 나니 시내 곳곳에서 보이는 배와 까마귀들이 어찌나 반갑던지! 아는 만큼 보인다는 건 늘 진리인 듯싶다.

포르타 두 솔 전망대 바로 근처에는 또 다른 전망대도 있다. 산타루지아 전망대(Miradouro de Santa Luzia)가 바로 그곳. 고급 주택의 숨겨진 정원 같은 분위기에 규모도 아담한 편이라 못 알아채고 지나치는 사람들이 많을 것 같다. 위치가 비슷하다 보니 포르타 두 솔 전망대와 보이는 풍경은 비슷하지만 이쪽이 훨씬 한적하니 들러보아도 좋겠다. 걷다 보니 어느새 나도 모르게 낮은 동네로 내려와 있다. 알게 모르게 오르락내리락하게 하며 사람 혼을 홀딱 빼놓는 것 또한 리스본의 매력. 재미있는 동네임이 틀림없다.

새들은 둥지로, 사람들은 집으로
리스본 Lisboa

상 도밍고 성당(Igreja de São Domingos) 안으로 들어섰다. 그동안 많이 봐왔던 유럽의 성당들과는 무척이나 다른 모습이다. 외관은 그럭저럭 멀쩡했기에 내부가 이런 모습일 거라고는 상상할 수 없었다. 그래서 더 충격이었다.

성당은 화려하고 우아하기는커녕 금방이라도 무너질 것만 같다. 많은 부분이 부서졌고 시커멓게 그을렸다. '어떻게 이렇게 처참한 모습 그대로 놔둘 수가 있어?' 싶을 정도. 그렇다고 성당이 본연의 역할을 포기한 것도 아니다. 성당엔 여전히 신도들이 찾아오며 경건히 미사를 드리고 있었다.

분명 처음부터 이런 모습은 아니었겠지만 리스본 대지진과 연이은 화재로 심하게 망가진 후, 지금까지도 복원하지 않은 것이라고 한다. 고쳐놓아도 자꾸만 큰일이 생겨서 망가지니까 결국엔 복원을 포기한 것 같기도 하다. 만약 절망이라는 것을 그려낼 수 있다면 이 성당이야말로 절망 그 자체인 모습이었다. 신이 어찌 당신의 집을 이리도 심하게 망가트린단 말인가. 하지만 달리 생각해보면 여러 수난을 겪으면서도 그 자리에서 지금까지 버텨왔다는 것만으로도 상 도밍고 성당은 이미 기적을 증명해낸 것일 수도 있다. 그렇다면 절망이 아니라 희망의 성당으로 보는 게 더 옳을지도 모른다.

예전에 아주아주 화려한 성당 앞에서 '이토록 누군가를 수탈하고 쥐어짜서 신의 집을 짓는 것이 과연 신의 뜻일까?'라는 생각을 한 적이 있다. 물론 그 시대의 가치관을 지금의 가치관으로 바라볼 수는 없지만, '천국에 갈 수 있는 티켓'이라는 물건까지 만들어가며 사람들을 현혹해 신의 집을 호화롭게 짓는 것이 과연 옳을까. 아마도 그런 짓거리가 꼴 보기 싫어 작정하고 본보기로 상 도밍고 성당을 홀랑 태워버린 건 아닐까. 여기까지 생각이 미치자 마음이 찡해졌다. 감탄을 자아낼 만큼 대단한 장식이나 건축 요소 같은 건 하나도 남아있지 않아

볼거리라고는 눈을 씻고 찾아봐도 없는, 폐허에 가까운 공허한 공간에 그저 그렇게 한참을 앉아있었다. 다른 멀쩡한 성당들을 놔두고 굳이 이런 성당을 찾아 기도를 올리는 사람들은 무엇을 얼마나 더 간절히 바라는 것일까. 잠시 다녀가는 여행자 따위가 그런 마음을 알 수는 없을 것이다.

성당 바로 옆엔 진쟈를 잔술로 판매하는 작은 가게가 있는데 사람들로 바글바글하다. 집집마다 진쟈 맛에 조금씩 차이가 있는데 그나마 이 집의 진쟈가 조금은 덜 단 느낌이다. 이 집에서는 잔 안에 체리도 한 알씩 넣어준다. 하지만 이 체리는 너무 시어서 먹을 수가 없으니 그저 잔 안에 채우는 술의 양을 줄이는 역할을 할 뿐이다. 과자 봉지 안의 질소 같은 녀석이랄까.

겨울인지라 낮의 길이가 무척 짧다. 대부분의 유럽은 여름엔 해가 길어 제대로 된 야경을 보려면 밤 10시~11시까지 잠을 참고 기다려야 하지만 겨울엔 그러지 않아도 되니 좋다. 그리고 겨울 유럽의 낮 길이가 짧다고 해봐야 서울과 비슷한 수준이니 심하게 게으름을 피우지 않는다면 별로 문제 될 것도 없다. 아무튼 일몰은 꼭 강을 끼고 보고 싶었기 때문에 얼른 택시를 타고 다리를 건너 강 건너편으로 향했다. 우리가 건넌 다리는 본래 '살라자르(Salazar) 다리'로 불렸으나 지금은 '4 · 25 다리'로 불리는, 금문교를 꼭 빼닮은 다리다. 살라자르의 독재에 반대하는 혁명의 날이 1974년 4월 25일이었으니까 다리의 이름은 완전히 반대되는 느낌으로 바뀐 셈이다. '4 · 25 혁명'을 '카네이션 혁명'이라고 부르기도 하는데 4 · 25 다리 또한 카네이션 다리라 부르기도 한다.

재빨리 이동한 덕분에 적절한 타이밍에 지는 해를 감상할 수 있었다. 구름이 제법 많아 깔끔한 일몰은 볼 수 없었지만 아무려면 어떠랴. 중요한 것은 일몰 자체가 아니고 오늘 하루가 끝난다는 것이다. 이제 곧 새들은 둥지로, 사람들은 집으로 돌아갈 것이다.

이곳엔 크리스투 헤이(Cristo Rei)라고 불리는 거대한 예수상이 있다. 워낙 높아서 리스본 어디에서도 이 예수상을 볼 수 있고 모습도 무언가를 감싸 안는 듯한 자세라 마치 예수상이 리스본이라는 도시 전체를 끌어안고 있는 것처럼 보인다. 이 예수상은 세계 2차 대전 당시 생각보다 적은 희생으로 나라를 지킬 수 있었던 것에 대해 감사하는 마음으로 만들었다고 말은 하는데, 사실은 리우데자네이루의 예수상을 보고 샘이 나서 비슷하게 만든 거라는 말도 있다. 그런데 리우데자네이루의 예수상은 브라질이 포르투갈에서 독립한 지 100주년이 된 것을 기념하려고 만든 것이니 생각해보면 참 웃긴 얘기다.

아무튼, 이 크리스투 헤이와 리우데자네이루의 예수상은 서로 마주
보고 있다고 한다. 비록 서로 간의 거리는 아주 멀지만 말이다.

이토록 어여쁜 통조림

대류의 서쪽 끝에 위치해 바다와 맞닿아있는 포르투갈. 해산물 천국으로 알려진 이 나라에는 당연히 해산물을 재료로 한 통조림도 많다. 가장 대표적인 것은 정어리 통조림이지만 문어, 조개 등 그 종류가 무척 다양해 마트의 통조림 코너에 들어서면 정신이 혼미해질 정도다. 일상적인 식재료를 좀 더 오래 보관할 수 있도록 가공한 것이 통조림인데, 보통은 통조림이라고 하면 원재료가 무엇이든 간에 일단 '질 떨어지는 싸구려'라는 느낌을 준다. 그런데 포르투갈에는 통조림을 그저 그렇게만 보기에는 아쉬울 정도로 매력적인 통조림들이 많다.

일차적으로 눈에 보이는 것은 통조림들의 다양하고 화려한 디자인. 뚜껑을 따고 나면 금방 버려질 통조림의 포장이 이렇게 예쁠 필요가 있나 싶을 정도로 다들 디자인에 신경을 썼다. 각 브랜드마다 느낌이 다른 것은 물론이고, 모두 나름의 매력이 있어 굳이 소장하고 싶게 만든다. 이 정도면 기념품이나 귀국 선물용으로도 손색이 없을 수준 이다.

포르투갈엔 오로지 통조림만 파는 일명 '통조림 전문점'이 제법 있는 데, 내부 인테리어에도 몹시 신경을 쓴 모습이다. 지나는 길에 이런 가게를 마주치면 뭐하는 곳인가 싶어 한 번쯤 들여다보게 되고, 들여 다보다 보면 특유의 분위기에 홀려 구매로 이어지기도 한다. 이런 곳 은 한국에서는 만날 수 없기 때문에 방문 자체가 새로운 경험이 되 었다.

선물 용도에 관광객을 타겟으로 하는 상품이라면 보통의 통조림과 달리 가격이 비싼 것 아니냐는 의문이 들 수도 있다. 그다지 그렇지 는 않지만 일말의 의심이 든다면 동네 마트나 슈퍼로 가보자.

▲ 가게 내부를 통조림과 비슷한 톤으로 통일하고는 통조림으로 가득 채워두었다. 이 통조림의 내용물은 장어였다

▲ 놀이동산 컨셉으로 사랑스럽게 꾸며진 이 가게 또한 정어리 통조림 가게이다

이쪽에 보급형으로 입고돼있는 통조림들은 조금은 심플한 모습이지만 그렇다고 해서 디자인 면에서 뒤지는 것은 결코 아니다. 매대에 알록달록한 통조림들이 차곡히 정리되어있는 모습은 영롱할 지경이다.

요즘 해산물 통조림은 '싸구려 식재료'라는 이미지에서 탈피하여 샴페인이나 화이트 와인, 혹은 맥주와 어울리는 간단한 안주로 인기를 끌고 있다. 그리고 꼭 안줏거리가 아니더라도 포르투갈의 추억을 한 캔 포장해 오래도록 간직하고 싶다면 요 통조림들은 꽤 훌륭한 선택이 될 것이다.

포르투갈은 선물
리스본 Lisboa

16

이미 어두워지긴 했지만 비싼 돈을 주고 택시를 타고서 강 건너편까지 왔으니 이쪽도 조금 돌아봐야겠다. 이쪽엔 '카실랴스(Cacilhas)'라는 작은 마을이 있다. 자잘한 소품을 파는 가게들과 해산물 레스토랑이 많은 곳이다.

이때가 11월 중후반 정도였는데, 거리엔 벌써 크리스마스 분위기가 조금씩 나고 있었다. 그런데 이런 모양새들이 세련되고 예쁘다기보단 단조롭고 투박하다. 어찌 보면 좀 촌스럽기도 하다. 그나마 리스본은 큰 도시니까 제일 그럴싸한 수준인데도 이 모양이다. 리스본조차 이 수준이니 다른 시골 동네들은 더하다. 그럼에도 불구하고 놀랍게도 계속 보다 보면 또 정감이 간다.

지금 생각해보면 포르투갈에 있는 동안에도 분명 심적으로 힘들었지만, 우리를 둘러싼 풍경들은 모두 아름답게 느껴졌다. 그리고 그건 정말 미적으로 아름다워서라기보단 왠지 모르게 마음이 가는 매력 있는 풍경들을 많이 만났기 때문인 것 같다.

만약에 어설프고 소박한 것들을 구질구질하다고 느낀다면 포르투갈은 분명 살기에, 혹은 여행하기에 좋은 선택지는 아니다. 하지만 그런 것들에 대해서 인간미라거나 푸근함을 느끼는 타입이라면 포르투갈은 그저 그 자체만으로도 선물 같은 곳이다. 우린 후자인 사람들이기 때문에 머무르는 내내 무척이나 좋았다. 모든 걸 자로 잰 듯한 도시와 그런 도시보다 더 뾰족한 사람들 사이에서 버티느라 지쳤던 마음은 여기에 와서 분명 많이 편안해졌다.

'어머, 식당에 사람이 한 명도 없네. 비수기라서? 혹은 경기가 안 좋아서? 맛집이 아니라서?' 오만 생각이 다 들었지만 나중에 알고 보니 그건 시간이 너무 일러서였다. 아직 저녁 식사 시간이 아닌 것이다.

포르투갈 사람들은 보통 저녁을 9시쯤 먹는다. 식당에 가보면 8시 반 정도 되어야 사람이 좀 있다. 심지어 8시엔 한산하다. 그전엔 아예 영업을 안 한다. 그래서 우린 적응이 될 때까지 늘 배고팠다. 회사에선 보통 밥을 6시에 먹었으니까….

넘어올 땐 다리를 통해 넘어왔지만, 돌아갈 때는 페리를 타기로 했다. 리스본에선 페리가 보편화된 대중교통 수단으로, 페리를 타고 강을 건너 출퇴근을 하는 사람도 많다고 한다. 한국에선 일상적으로 배를 탈 일이 없어 배라는 교통수단에 별로 익숙지 않기 때문인지 난 배에 대한 약간의 환상을 갖고 있다. 그래서 나도 모르게 조금은 기대했는데, 관광용 유람선이 아니어서인지 내부 시설은 그저 그랬다.

강을 되건너왔으니 슬슬 오늘의 일정도 마무리되어간다. 마지막으로 노란 푸니쿨라를 타고 산타 카타리나 전망대(Miradouro de Santa Catarina)에 올랐다. 조금 전에 만나고 왔던 커다란 예수상이 이젠 아주 멀리 조그맣게 보인다. 예수상과 4 · 25 다리에 불을 밝힌 모습이 한밤의 테주 강과 어우러져 운치 있다.

실컷 돌아다니다 보니 어느덧 현지인들의 저녁 식사 시간이 되어있었다. 전망대 근처에 약국을 컨셉으로 한 재미난 레스토랑이 있어 현지인들과 어울려 식사했다. 약국에서 밥을 먹고 술을 마신다는 게 조금 이상하기도 하지만 어차피 우리 모두 한두 군데쯤은 아픈 곳이 있으니, 그렇게 생각하면 딱히 이상할 것도 없다. 그리고 맛있고 행복한 시간은 정말로 우리를 치유하기도 하므로.

이 또한 지나간다고
알코바사 Alcobaça

17

포르투갈 중부 지역을 돌아보기 위해 차를 빌렸다. 좀 더 정확히 하자면 유네스코 세계 문화유산으로 지정된 수도원들을 돌아보기 위해서다. 알코바사(Alcobaça)의 산타 마리아 수도원(Mosteiro de Santa Maria), 바탈랴(Batalha)의 산타 마리아 다 비토리아 수도원(Mosteiro de Santa Maria da Vitória), 투마르(Tomar)의 크리스투 수도원(Convento de Cristo)을 돌아볼 생각이다. 하루에 다 돌아볼 순 없으니까 적당히 며칠에 걸쳐서 찬찬히 이동하기로 했다.

잠시 머물렀던 리스본의 숙소에서 짐을 챙겨 체크아웃을 하고 예약한 차를 받으러 갔다. 분명 작은 차를 예약했는데 엄청나게 큰 차가 대기 중. 업그레이드에 업그레이드에 또 업그레이드가 되어서 그런 거라며 "좋지?"하고 렌트카 업체 직원이 웃으며 말한다. 사실 큰 차가 썩 달갑진 않다. 이런 큰 차는 이전에 몰아본 적도 없는 데다가 골목이 많은 동네에서 과연 잘 다닐 수 있을까 싶어 걱정이 앞섰다. 하지만 평일, 게다가 계절은 초겨울. 좁은 길도 넓은 길도 거의 항상 차가 없어 걱정했던 것보단 수월하게 돌아다닐 수 있었다.

▲ 그나마 바깥엔 조금 장식이 있는 편이고 내부는 단출하기 그지없다

가장 먼저 들른 곳은 알코바사의 산타 마리아 수도원. 웅장하고 화려한 건축물을 기대했는데 의외로 장식적인 요소가 별로 없다. 이 수도원은 포르투갈 최초의 왕인 아폰수 엔리케(Afonso Henriques)가 산타렝 전투에서 무어인에게 승리한 뒤 이를 기념하기 위해 지었으며 이후엔 시토 수도회의 소유가 되었다고 한다. 때문에 수도회의 건축물답게 검소하고 깔끔한 것이 전부인 곳으로 '포르투갈에서 가장 처음으로 지어진 고딕 건축물'이라는 명성답지 않게 조금은 썰렁하고 또 밋밋했다.

사실 이 수도원에서 눈길을 끄는 것은 수도원 자체가 아니라 포르투갈의 로미오와 줄리엣으로 불리는 페드루(Pedro) 왕과 이네스(Inês)의 석관이다. 페드루 왕은 왕자이던 시절에 카스티야의 콘스탄사 공주와 정략결혼을 했는데 그녀의 시녀였던 이네스와 사랑에 빠지게 되었다고 한다. 콘스탄사 공주가 왕세자를 출산하고 얼마 못가 사망하자, 이네스와 재혼하려 하였으나 신분 차이 등으로 인해 이마저도 할 수 없었다고. 때문에 둘은 리스본을 떠나 자식을 넷이나 낳고 살았는데 어느 날부터인가 이네스가 본인의 아들을 왕으로 만들기 위해 왕세자를 암살하려 한다는 이상한 소문이 돌았고, 이 소문 때문에 페드루의 아버지(아폰수 4세)에 의해 끝내 처형을 당했다고 한다.

이후 페드루가 왕위에 오른 뒤, 이네스의 처형에 직접 가담한 신하들을 찾아내 '심장이 찢어지는 고통을 느껴보라'며 산 채로 그들의 심장을 꺼냈으며, 자신의 것과 똑같은 석관을 만들어 그녀의 시신을 다시 수습했다는 이야기가 전해진다. 죽은 자가 모두 깨어난다는 심판의 날에 눈을 떴을 때 가장 먼저 그녀를 보고 싶다는 그의 바람 때문에 지금도 둘의 석관은 마주 보게 놓여있다.

차마 아름다운 사랑 이야기라고는 할 수 없는, 여러모로 비극적이면서도 끔찍한 이야기이다. 이런 이야기를 접어둔 채 눈에 보이는 대로만 감상한다고 해도 두 석관엔 바르톨로메오의 일생과 그리스도의 고난, 인생의 수레바퀴, 수태고지와 최후의 심판 등이 섬세하고 아름답게 조각되어있어 절로 감탄을 자아낸다.

석관에는 칼로 도려내기라도 한 듯 일부 부서진 부분도 있는데 나폴레옹의 군대가 보물을 찾겠답시고 파손한 흔적이라고 한다. 불한당 같은 녀석들! 석관 자체가 진기한 보물인데…. 물론 그런 보물이 아니라 '먹고사니즘'에 입각한 진짜 보물을 찾기 위한 시도였겠지만 온전한 형태였으면 더 좋았을 걸 싶어 못내 아쉬웠다.

수도원엔 많은 수도사들이 있었기 때문에 그들의 식사를 책임지는 주방의 역할 또한 중요했다고 한다. 이를 증명하기라도 하듯 주방엔 엄청나게 커다란 굴뚝이 있다. 역시나 예쁘게 꾸몄다는 느낌은 전혀 없고 그저 검소하고 실용적으로 만드는 데에만 초점을 둔 것 같다. 이 식당과 기숙사를 연결하는 통로엔 좁은 문이 하나 있는데 이 문을 통과하지 못할 정도로 살이 찐 수도사는 탐욕을 절제하지 못한 죄로 문을 통과할 수 있게 될 때까지 굶겼다고도 한다.

바깥에 나가보니 회랑의 레몬 나무엔 레몬이 주렁주렁 열려있다. 노란 레몬을 타고 빗방울이 똑똑 떨어진다. 비가 오락가락하고 있다는 점만 빼면 고요하고 평화롭다. 연인의 복수를 위해 산 채로 남의 심장을 뽑아내었다는 잔인한 얘기도, 뚱뚱한 것은 죄악이므로 무작정

굶겼다는 가혹한 얘기도 이젠 모두 지나간 옛이야기가 되어버렸다.
우리의 이야기도 언젠가는 지나간 이야기가 되겠지만, 이 또한 지나
간다고 말들은 많이 하지만, 정말로 지나가는 동안에는 다들 어찌 견
디는지. 지나고 나면 별것 아닐지도 모르지만 지나는 동안에는 정말
로 죽을 것 같은데, 시간이 멈춘 것만 같고 그 자리에서 콱 쓰러져 죽
어버릴 것 같은데 다들 어찌 견디는지. 그건 아무도 알려주지 않았다.
나이가 서른이 넘었는데 스스로 깨치지도 못했다. 우린 아직도 그 방
법을 모른다.

미완성의 미학
바탈랴 Batalha

18

알코바사를 떠나 바탈랴에 닿았다. 알코바사와 비슷하게 바탈랴에도 역시 수도원뿐이다. 잘 지은 수도원 하나가 이 동네 주민들을 모두 먹여 살리고 있다.

산타 마리아 다 비토리아 수도원은 주앙(João) 1세가 알주바호타 전투

▲ 정문에는 12사도와 성인, 천사 등이 세밀하게 새겨져 있어 첫 순간부터 감탄을 자아낸다

에서 승리한 것을 기념하며 성모 마리아께 감사하기 위해 지은 수도원이다. 알주바호타 전투가 끝나고 일 년 뒤 첫 삽을 떴다는데, 100년이 넘는 세월이 지나는 동안에도 완성을 시키지 못했고 결국 지금도 미완성인 상태. 물론 지금은 짓고 있지 않으니까 미완성인 부분은 앞으로도 영원히 미완성으로 남을 것이다.

산타 마리아 다 비토리아 수도원은 수수했던 알코바사의 수도원과는 정반대로 볼거리가 무척 많았는데 오랫동안 여러 왕들을 거치며 계속 뭔가가 덧입혀 지어졌기 때문인 것 같다. 그래서인지 한 건축물에 여러 건축 양식이 혼합되어있는 모습도 쉽게 볼 수 있었다. 어느 쪽에서 수도원을 바라보느냐에 따라 느낌이 매우 달라지는 점도 독

특했다. 이쪽에선 이런 얼굴을, 저쪽에선 저런 얼굴을 보여주는, 여러모로 매력 넘치는 수도원이었다. 솔직히 고백하자면 홀딱 반했다. 이쪽에도 왕가의 석관들이 있는데 알코바사의 석관들과는 다른 스타일이긴 해도 역시 제법 화려하다. 대신 이쪽은 석관 자체가 화려하다기보다는 석관이 놓여있는 공간이 화려하다는 게 좀 더 정확한 표현이 될 것 같다.

수도원의 꼬임 기둥은 돌을 깎았다기보단 찰흙을 돌돌 말아 빚은 꽈배기를, 회랑의 장식은 살포시 걸쳐 놓은 손뜨개 레이스를 닮았다. 이리저리 꼼꼼하고 화려하게 장식되어있으면서도 전체적으로는 용맹스럽고 웅장한 느낌을 잃지 않는 건축물이다. 발을 떼어 새로운 공간을 만나는 내내 감탄은 계속되었다.

바탈랴 수도원에서 가장 아름다운 부분은 미완성 예배당이다. 정말로 이곳에서 예배를 드리려고 한 건지는 알 수 없지만 영어로도 'unfinished chapel'이라고 안내되어있다. 두아르트(Duarte) 1세가 자신의 무덤으로 사용하려고 했으나 결국 완성하지 못하고 생을 마감했다고 한다. 완성되지 못한 공간이 완성된 다른 공간보다 훨씬 멋지다는 건 아이러니한 얘기겠지만 아무튼 이곳은 인간이 손으로 부릴 수 있는 모든 재주를 동원해 지은 것만 같다. 엄청나게 세밀하고 정교해서 감탄을 넘어서 절로 한숨이 나올 정도다. 조각칼로 지우개를 깎는 것도 내 맘처럼 쉽지 않은데, 대리석으로 이렇게 정교한 무늬를 조각하다니, 얼마나 석공들을 쥐어짰을까!

인간의 욕심이란 끝이 없는 것이어서 조금 더 멋지게, 조금 더 정교
하게, 조금 더 높게를 외치다가 끝내 완성을 시키지 못한 것 같기도
하고…. 그런데 만약에 이 공간이 완성된 상태였다면 어땠을까? 지금
보다 훨씬 더 멋졌을까? 얼마나 높이 지으려고 한 것인지 알 수 없으
니 쉽게 가늠할 순 없을 터. 하지만 완성된 모습이 더 멋있을 순 있어
도 천장이 없는 지금의 모습보다 더 인상적이지는 않을 것 같다. 미
완성이라는 단어가 주는 특유의 울림은 꽤나 매력적이다. 미완성의

미학이랄까.

예배당 한쪽에는 두아르트 1세와 그의 왕비가 비에 푹 젖은 채 잠들어있다. 천장이 없으니 별수가 없다. 우리도 내리는 비를 쫄딱 맞으며 구경했다. 그렇게 비를 맞으면서도 쉬이 이 공간에서 발길을 돌리기가 어려웠다.

어느덧 비는 그쳤지만 공기는 여전히 촉촉하다. 마을 곳곳엔 크리스마스를 축하하기 위한 전구 장식들이 걸려있었지만 이 동네는 낙엽도 채 지지 않았다. 아직 떨어지지 않은 색색깔의 나뭇잎들과 수도원이 제법 잘 어울린다.

이 동네에선 수도원 구경 외엔 할 게 없다. 진짜 없다. 어찌 보면 따분한 일정이 될 수도 있지만 다르게 보면 그건 여유를 부리고 늑장

을 피울 수 있다는 말이기도 하다. 시간에 쫓길 일이 없으니 천천히 밥을 먹고 아무도 없는 밤거리를 걸었다. 리스본보다 훨씬 더 수수하고 심심한 풍경이다. 그나마 크리스마스 분위기가 나는 장식들이 있어 덜 심심했을 뿐, 불을 밝힌 수도원 외엔 밤 풍경조차도 딱히 볼 게 없다. 가게들도 몽땅 다 문을 닫아버려 돈을 쓰려고 해도 그럴 만한 곳도 없다. 구경하는 사람도 하나 없는데 거리에 이런 장식들을 굳이 왜 해두었는지 의아할 정도였다. 이 동네 사람들은 다들 차분하고 조용하게, 집에서 가족과 함께 오늘 하루를 마무리하는 모양이다. 저녁이 있는 삶을 지구 반대편에 와서야 겨우 만나는구나. 적막한 밤거리를 걷는 일은 이쯤에서 그만두고 나도 숙소에서 차분하게 오늘을 정리하는 편이 좋을 것 같다.

현지인의 Favorite Place
레이리아 Leiria

19

며칠 전에 차를 빌릴 때 렌트카 업체 직원이 자꾸 어디로 가냐고 물었었다. '리스본 시내를 돌아볼 거냐, 아니면 외곽으로 나가느냐'를 묻더니 나중엔 '그러니까 정확히 어디를 가는 거냐'고 아주 직설적으로 물어와 우리를 당황시켰다. 이 사람이 왜 이러나 싶긴 했지만 굳이 숨길 사안은 아니어서 '중부 지역으로 수도원 투어를 간다. 알코바사, 바탈랴, 투마르를 돌아볼 것이다' 하고 대답했더니 갑자기 커다란 지도를 펼치며 '여기'에 꼭 가보라고 강력추천을 했다. 자기의 'Favorite Place'란다. 중세의 모습을 볼 수 있는 멋진 성이 있는 곳이니 실망하지 않을 거라며 꼭 들러보라고, 너희가 원래 가려고 하는 곳들과도 매우 가깝다며 혹시라도 못 알아들었을까 봐 몇 번이나 반복해서 자꾸 얘기했다. 그곳은 레이리아(Leira)였다.

날이 밝았으니 예정대로 투마르의 크리스투 수도원으로 가야 할 때가 되었다. 대신 가는 길에 레이리아에도 잠시 들러보기로 했다. 현지인이 자기의 favorite place라는 말까지 꺼내며 꼬시니 별수 있나. 반쯤은 속아주는 셈 치고 차를 몰았다.

난 요즘 유행하는 '무계획 여행'을 그다지 좋아하지 않는다. 비행기 표만 달랑 들고 떠나는 여행이 대세인 것 같긴 하지만 도무지 내 취향과는 맞지 않는다. 대신 어느 정도 계획을 세우되 그 계획을 모두 지키려고 조바심을 내지는 않는, 그런 여행이 좋다. 여행을 하면서 내가 세운 계획이 상황에 따라 조금씩 바뀌는 것과 그 사이사이에 생겨나는 일들을 처리하는 과정은 겪을수록 무척 재미있다. 계획이 아예 없어 모든 것이 백지라면 그런 재미를 느낄 수가 없으니까. 레이리아에 가게 된 것도 미리 세워둔 계획 사이에 생겨난 일종의 깜짝 선물 같은 느낌이어서 더욱 좋았다.

성은 마을 한가운데, 산꼭대기에 위치하고 있어 찾기도 쉽고 전망도 무척 좋았다. 하지만 성 자체는 그동안 겪은 세월을 증명하기라도 하듯 완전히 파손되어있었다. 특히 형태를 알아볼 수 없을 정도로 망가진 성안의 예배당은 어제 만났던 너무나도 멀쩡했던 두 수도원과 비교되어 더욱 엉망으로 느껴졌다. 예배당이라고 알려주지 않았다면 도무지 뭐하는 공간인지 알아보지도 못할 수준. 그렇지만 손상된 곳에서만 느낄 수 있는 분위기란 것도 분명히 있다. 그럴싸하게 보존되고 복원된 공간에서 느낄 수 있는 것과는 조금 다르지만 이쪽도 충분히 운치 있었다.

시간의 터널을 통과하다 보면 고스란히 그 흔적이 남는다. 어쩌다 보니 애고 어른이고 간에 "동안이시네요"가 최고의 칭찬이 되어버렸지만, 사실 나이에 맞는 얼굴을 가지는 것은 말처럼 쉬운 일이 아니다. 그건 사람도 물건도 건물도 마찬가지다. 세월의 풍파를 비겁하게 피하지 않았음을 제대로 보여주는 레이리아 성. 성은 부서진 모습 그대로 충분히 멋져 보였다.

성 아래로 내려다보이는 빼곡한 집들. 세월이 흐른 만큼 이제는 아파트를 닮은 네모 반듯한 높은 빌딩도 종종 보였지만 성의 발코니에서 보이는 마을의 풍경은 여전히 낭만적이다. 이런 풍경을 만날 수 있게 해준 그 직원에게 뒤늦게 고마웠다.

레이리아 성은 14세기엔 디니스(Dinis) 왕과 그의 아내인 이자벨(Isabelle)의 거처로 사용되기도 했다고 한다. 디니스 왕보다는 이자벨에 대한 이야기가 더 인상적인데, 그건 그녀가 포르투갈의 성인 중한 사람으로 꼽히기 때문이다. 이자벨은 왕실의 부엌에서 남은 음식

을 챙겨 가난한 사람들에게 나누어주곤 했는데 왕비가 부엌에서 음식을 훔친다는 소문에 화가 난 왕이 왕비의 앞치마에 무엇이 들었는지 확인해야겠다며 다그쳤다고 한다. 하지만 왕비의 앞치마에는 장미 꽃잎만 가득할 뿐 음식은 없었다고. 이 이야기 덕분에 지금도 이자벨은 장미를 들고 있거나 옷 위로 장미 꽃잎들이 떨어지는 모습으로 묘사되곤 한다.

▲ 레이리아 성에서 구매한 마그넷. 이자벨은 여전히 장미를 들고 있다

레이리아에서의 선물 같은 시간을 마무리하고 원래 계획대로 투마르의 크리스투 수도원으로 향했다. 유네스코 문화유산으로 지정된 포르투갈 중부 수도원 세 곳 중 마지막으로 남은 한 곳이다.

마누엘리노의 창문을 바라보며
투마르 Tomar

"독실한 신자세요? 수도원 다 비슷비슷해서 한군데만 가보면 될 텐데… 굳이 다 갈 필요 없어요"라는 말을 누군가에게 얼핏 들었지만 그 말이 무색할 정도로 세 수도원은 제각각이었다. 말마따나 수도원이란 게 다 비슷비슷할 법도 한데 셋 다 개성이 넘치니 한 군데도 포기할 수가 없었다.

투마르의 크리스투 수도원은 템플 기사단의 본부로 사용된 곳이다. 템플 기사단은 성지를 찾는 순례자들을 무어인들로부터 보호하는 일을 했다고 한다. 그래서일까, 이곳은 여태껏 만났던 수도원들과는 달리 좀 더 두툼한 성채의 느낌이 강했다.

크리스투 수도원에서 눈여겨보아야 할 것은 건축 양식 중 하나인 마누엘(혹은 마누엘리노) 양식. 마누엘 양식은 포르투갈의 문장, 꼬인 밧줄, 혼천의, 십자가, 덩굴 식물 등을 모티브로 한 매우 화려한 장식 양식을 뜻하며 당시 왕이었던 마누엘 1세의 이름을 따 붙여진 이름이라고 한다. 바스코 다 가마가 인도에 도착해 향신료 무역의 길을 열고, 페드루 알바레스 카브랄(Pedro Alvares Cabral)이 브라질에 닿은 게 마누엘 1세 때다. 한마디로 포르투갈이 가장 잘나가던 시절이었던 셈이다. 이에 마누엘 1세는 화려한 건축물들을 통해 자신의 힘, 더 나아가 포르투갈의 힘을 과시하고자 했던 게 아니었을까.

수도원에서 마누엘 양식을 가장 잘 드러내는 것은 역시나 이 커다란 창문이다. 가장 상단 중앙에 달린 십자가와 그 바로 아래엔 포르투갈의 문장이, 양옆엔 혼천의가 보인다. 복잡하게 꼬인 밧줄과 매듭 장식들 또한 엄청나게 화려하다. 실용성만을 따진다면 굳이 이렇게 화려하게 창문을 만들 필요는 없었겠지만, 꼭 실용성만이 전부인 것은 아니니까. 그 시절의 상징이 가득한 창문을 들여다보고 있자니 마치 이 창문이 우리를 그때 그 시절로 데려다줄 것만 같은 기분이 들기도 했다. 화려한 장식을 뒤덮은 이끼들은 단순한 초록색을 넘어선, 오묘한 빛깔을 띠고 있어 보는 재미를 더했다. 마치 오래된 창틀에 노르스름한 녹이 슨 것 같아 한 번 더 흘러가 버린 그때 그 시절을 실감케 했다.

수도원엔 여러 회랑이 있는데 목욕의 회랑, 빵의 회랑, 묘지의 회랑 등 이름도 제각각인 데다가 회랑마다 건축 양식이 달라 조금은 산만한 느낌이 들기도 했다. 여러 회랑 중 르네상스 양식의 깔끔한 회랑은 마누엘 양식의 화려함과 대조를 이뤄 유독 세련된 분위기를 자아냈다. 중앙의 분수는 지하 수로와 연결되어있어 물이 끊기지 않는다고 한다.

크리스투 수도원엔 마누엘 양식 외에는 볼 것이 없는 거냐라고 묻는다면 대답은 "No!". 샤롤라 또한 재미난 볼거리다. 보통의 예배당들은 곧은 직선이나 십자가 형태를 하고 있지만 이곳은 예루살렘의 성전을 모티브로 한 곳이라 조금 독특한 구조를 띠고 있다. 16면체인 방 안의 8각 예배당도, 정성을 다해 그려진 프레스코화도 포르투갈에선 흔치 않은 것들이다. 지붕과 기둥의 이음새 부분은 유연한 곡선으로 연결되어있어 특히 아름다웠다. 한껏 자라난 거대한 버섯을 아래에서 올려다보는 것 같기도 했다.

수도원의 개성 넘치는 공간들을 모두 꼼꼼히 둘러보느라 점심 식사가 늦어졌다. 식사를 위해 마을로 들어서니 체스판을 똑 닮은 광장이 나타난다. 광장에서 그리 멀지 않은 곳에 자리를 잡았다. 노리고 찾은

것은 아니었는데 들어와서 보니 중세 시대의 식당을 표방하는 곳이다. 당연히 그 시대엔 전기가 없었을 테지. 덕분에 식당에도 전기 조명이 하나도 없고 온통 촛불뿐이다. 어두컴컴한 실내에 식탁도 의자도 나무로 대강 뚝딱뚝딱 만들어낸 듯 투박하고 심지어 화장실 물 내리는 것도 도르래로 해야 하는, 조금은 희한한 식당이었다.

그렇지만 가만히 앉아 촛불에 의지해 주변을 살펴보니 엉뚱한 듯하면서도 은근히 재미있어 조금씩 이 집의 분위기에 빠져들었다. 종업원들의 옷차림도 그 시절 그 스타일! 중세시대 템플 기사단의 본부로 사용되었던 크리스투 수도원과도 곧잘 어울리는 장소였다. 음식또한 멋 부리지 않은 정직한 맛에, '농부의 맥주'라고 이름 붙여 놓은 맥주는 직접 이 집에서 담그는 것이라고 설명해주니 어찌 좋아하

지 않을 수 있을까. 덕분에 이 집은 맛있으면서도 꽤나 재미있었던 기억으로 남았다. 당연히 식당에서는 음식이 맛있는 게 제일로 중요하지만, 분위기도 절대 포기할 수는 없는 요소. 음식 맛이 비슷한 수준이라면 독특한 분위기의 식당이 조금 더 오래 기억에 남는 건 당연한 일이다.

오늘의 숙박은 파티마(Fatima)에 잡아두었다. 이틀에 걸친 세 곳의 수도원 투어를 마치고 드디어 성지순례의 정수인 파티마로 간다.

포르투갈 사람처럼 먹어보자

뭘 먹든 맛있으면 그만이지만 포르투갈에서는 포르투갈 요리를 많이 먹어보는 게 당연히 좋다. 포르투갈의 음식은 워낙 푸짐하기 때문에 한꺼번에 여러 메뉴에 도전하기는 어렵다. 유달리 양이 적기로 소문난 집이 아니고서는 한국 기준으로 대략 1.5~2인분씩은 나오기 때문에 먹고 싶은 메뉴를 몇 개 생각해놓고 기회가 있을 때마다 차분히 하나씩 시도하는 것이 현실적인 방법이다. 여기도 사람 사는 동네이니 개성 있는 맛집도 있지만 음식 자체는 해산물 아니면 스테이크가 대부분으로 매우 심플해 메뉴 선정에 많은 고민은 필요 없다.

쿠버트(Couvert)

따로 주문하지 않아도 기본적으로 제공되는 치즈, 올리브와 빵, 그리

고 빵에 바르는 스프레드나 버터 같은 것. 무료로 제공하는 식당도 있으나 대부분은 무료가 아니므로 먹지 않을 거라면 받는 즉시 되돌려보내자. 하지만 메인 메뉴 중에는 우리 입에 약간 짜다 싶은 음식들도 있기 때문에 이럴 때는 쿠버트가 필요할 수도 있다.

대구 요리(Bacalhau)

포르투갈에서 제일로 유명한 건 대구 요리이다. 대구로 만들 수 있는 요리가 365가지가 넘어 매일 대구를 먹어도 매일 다른 방식으로 일 년을 넘게 먹을 수 있다고 한다(항간에는 365가지가 아니라 1,000가지가 넘는다는 말도 있다). 좀 아이러니한 건 정작 대구는 포르투갈에서 잡히

는 생선이 아니라는 것. 먼 바다에서 잡아와야 하는 생선인데도 이렇게나 많이 먹는다는 점이 독특하다. 예전에 냉장 기술이란 게 없었던 시절부터 그래 와서 그렇겠지만 포르투갈에서 주로 먹는 대구는 여전히 생물도 아니고 냉동도 아니다. 염장을 해서 말린 대구를 다시 물에 불려 소금기를 뺀 후 조리한다.

정어리(Sardinha)

정어리는 소금구이로 먹는 것 말고 다른 조리법은 본 적이 없다. 'R'자가 들어가지 않는 달(5월~8월)을 정어리 제철로 보는데 이때는 정어리 굽는 연기로 골목이 온통 뿌옇게 변할 정도로 다들 정어리만 먹는다고 한다.

칼데이라다(Caldeirada)

대개 '스튜(Stew)'로 번역되어있는데, 칼데이라다에 대한 더 자세한 이야기는 앞의 〈먼 이국의 바다에서, 대구탕 한 사발〉에 기록했다.

해물밥(Arroz de Marisco)

포르투갈 음식 중 어쩌면 가장 잘 알려진 음식인 '해물밥'. 해산물과 쌀, 육수와 토마토소스 등을 넣고 푹 끓인 일종의 국밥이다. 하지만 국물은 자작한 수준이고 밥과 건더기가 주이기 때문에 국물이 주인 한국의 국밥과는 다소 차이가 있으며 차라리 죽에 가깝다. 들어가는

해물의 종류에 따라 종류와 맛은 다양하다. 개인적으로는 아귀밥이 특히 별미였다.

포르투갈은 유럽에서 가장 쌀 소비를 많이 하는 나라이고 이렇듯 '밥'을 주식으로 하기 때문에 한국인들의 식성과도 잘 맞는 편이다. 다만 해물밥에는 고수가 들어가는 경우가 많아 의외로 호불호가 갈리는 편이기도 하니 참고하자.

프란세지냐(Francesinha)

포르투갈식 크로크무슈. 높은 칼로리 때문에 일명 내장파괴버거로 불린다. 당연한 얘기겠지만 여기에 감자와 맥주를 곁들이면 천국의 맛.

프랑구 아사두(Frango Assado)

튀긴 치킨은 아니고 구운 치킨. 기름이 쏙 빠져 담백하고 고소하다. 한국인들보다 훨씬 많은 양을 먹는 포르투갈 사람들인데도, 1인 1닭

을 주문하지는 않던…. 직원도 보통 2인 1닭을 권한다. 매콤한 맛을
더해주는 피리피리 소스를 뿌려 먹을 수도 있다.

츄라스코(Churrasco)

간단히 먹을 수 있는 꼬치구이. 브라질과 교류한 이후에 브라질의 영

향을 받아 생겨난 음식이라고 한다.

카르느 지 포르쿠 아 알렌테쟈나(Carne de Porco a Alentejana)

도톰하게 깍둑썰기 한 돼지고기와 모시조개를 같이 졸인 음식인데 제육볶음과 두루치기의 중간 정도 맛으로 제법 매콤한 맛이 난다.

코지두 아 포르투게사(Cozido a Portuguesa)

순대와 부속 고기를 포함한 여러 고기와 콩, 양배추, 당근 등 야채를 함께 삶은 요리. 먼저 국물을 내어주고 건더기는 따로 준다. 비슷한

음식이 스페인에도 있다.

비페 아 포르투게사(Bife a Portuguesa)

포르투갈식 소고기 스테이크. 그런데 고기를 두껍지 않게 써는 것 외
엔 집집마다 너무 스타일이 달라서 이 음식에 대해 정확한 정의를 내
리지는 못하겠다. 달걀 후라이를 올려주는 집도 있다는데 우린 그런

집은 보지 못했다.

문어 요리(Polvo)

문어가 제법 씨알이 굵은데도 엄청나게 부드럽다. 해물밥의 일종인
문어밥도 있지만, 문어 그릴구이, 삶은 것 등 여러 방식으로 먹을 수
있다. 자매품으로 오징어 요리도 있다.

레이탕(Leitao)

새끼돼지구이. 예전에 스페인의 세고비아에서도 먹어본 적이 있다.

겉은 바삭하고 속은 닭백숙처럼 부드러운 느낌이라 돼지라는 생각이
들지 않을 정도다.

우리는 마음이 아파 이곳에 왔다
파티마 Fatima

21

유네스코 문화유산으로 지정된 세 곳의 수도원 투어를 마치고 파티마에 도착했다. 성지순례로 말할 것 같으면 앞서 들렀던 세 곳의 수도원들보다도 파티마가 훨씬 더 알아주는 곳이다. 바티칸 다음으로 사람들이 많이 찾는 순례지이자 교황청에서 공식적으로 인정한 몇 안 되는 성모 발현지이기 때문이다.

1917년 5월 13일, 파티마의 목동이었던 루시아(Lucia)와 프란치스쿠 (Francisco), 히야친타(Jacinta)는 밝게 빛나는 여인의 형상을 목격했다고 한다. 여인은 자신이 묵주의 성모이며 앞으로 다섯 번 더, 매월 13일 에 나타나 평화를 위해 기도하겠다고 전했으며, 이후 10월 13일까지 성모 마리아를 목격한 사람은 7만여 명에 이르렀다고. 특히 마지막 성모 발현일인 10월 13일에는 다수의 사람들이 태양이 빙글빙글 도 는 등의 현상을 목격하기도 했다고 전해진다. 이후 대유행했던 스페 인 독감으로 프란치스쿠와 히야친타는 일찌감치 세상을 떠나고 루시 아 혼자 살아남아 수녀가 되었다.

▲ 파티마에서는 세 목동을 상징하는 기념물들을 쉽게 만날 수 있다

성모 마리아를 닮아 순백으로 지어진 파티마 대성당 안엔 여러 개의

▲ 성모가 발현한 장소에 세워진 예배당. 일찍 죽은 두 목동의 무덤이 있다

예배당이 있고, 각 예배당에서 돌아가며 마치 릴레이처럼 미사를 본다. 밤새도록 진행되는지는 잘 모르겠지만 저녁 꽤 늦은 시간까지 미사가 이어지는 모습을 실제로 볼 수 있었다. 성모 마리아가 발현했던 자리에 지어진 예배당엔 히야친타와 프란시스쿠의 무덤이 있다.

우리의 생각보다 성당은 작았다. 객관적으로 보자면 컸지만 그래도 바티칸에 비할 바는 아니었다. 게다가 파티마 대성당은 1953년에 완성된, 비교적 요즘 성당이어서 건축양식도 그 구조도 무척 현대적. 여태껏 봐왔던 오래된 성당들과는 분위기가 무척 달랐다.

유럽의 많은 성당들을 만날 때마다 '이렇게 웅장하고 우아하고 화려한 공간이라면 누가 억지로 전도하지 않아도 절로 신앙심이 생겨날 텐데'라는 생각을 여러 번 했었다. 그에 반해 성 삼위일체 성당은 그저 넓고 심플한 구조의 예배당일 뿐이었다. 어찌 보면 한국의 뻔한 예배당을 닮은 것도 같다. 고풍스럽고 섬세한 탈랴 도랴다로 꾸며진 포르투갈의 다른 예배당들에 비하면 그 휑뎅그렁함이 무척 어색할 정도여서 거의 무(無)에 가까운 공간처럼 보였다. 그런데 유독 이 예

배당에선 마음이 움직이는 게 느껴졌다. 어쩌면 그동안 마주했던 화려한 공간에선 그 공간 자체에 정신이 팔려 진심으로 내 마음을 들여다볼 겨를이 없었는지도 모르겠다.

▲ 공산주의를 몰락시켜주신 성모께 감사하는 마음으로 독일에 거주하던 포르투갈 사람들이 보내온 베를린 장벽 조각. 성당 한쪽에 벽 조각이 있다는 것도, 성당에서 공산주의를 운운하는 것도 다소 이질감이 들긴 한다

파티마는 몸이든 마음이든 어딘가 아픈 사람들이 모이는 곳이다. 그렇지 않고서는 굳이 덩그러니 성당 하나뿐인 이 시골 동네에 힘들게 찾아올 이유가 전혀 없다. 많은 사람들은 성 삼위일체 성당에서부터 성모 발현 예배당까지 이어진 돌길에서 무릎을 꿇고, 이 길을 무릎으로 걸어 성모 마리아를 만난다. 그 정도의 간절함이 있는 사람들만이 여기까지 굽이굽이 찾아오는 것이다. 병이 나았다는 사람도, 안식을 찾았다는 사람도 물론 있으나 정말 의학적으로 뭔가 회복된 사람은 아주 소수일 것이다. 하지만 그렇지 못한 사람도 무언가 깨달음은 얻지 않았을까 싶다. 이곳은 그런 공간이다.

우리는 마음이 아파 이곳에 왔다. 아직도 마음이 복잡해 구체적으로 무엇을 원하는지도 잘은 모르기에 요점이 뭔지도 모를 횡설수설한 기도를 드리고 일어섰다. 어느새 날은 어두워졌지만 타오르는 촛불들은 꺼질 줄을 모른다. 세상에 아픈 사람이 이리도 많다니, 슬픈 일이다. 그리고 그 사람들은 과연 알까, 당신들 때문에 이리 치이고 저리 치이다가 결국은 내가 여기까지 왔다는 걸. 여기에 와서 당신들 대신 촛불에 불을 붙이고 눈물을 흘린다는 걸.

여행 속의 여행
오비두스 Obidos

22

오늘은 파티마를 떠나 카스카이스(Cascais)와 카보 다 호카(Cabo da Roca)를 거쳐 리스본으로 복귀하는 날이지만 일찌감치 '여왕의 도시'로 불리는 오비두스(Obidos)에 왔다. 13세기 디니스 왕이 왕비 이사벨에게 결혼 선물로 오비두스를 선물하고서부터 19세기까지 줄곧 '여왕의 도시'로 불렸다고 하니 꽤나 유서 깊은 별명이다.

가이드북을 들춰볼 때는 오비두스를 '단단한 성벽 안에 자리 잡은 작은 마을'로만 알고 있었기 때문에 그다지 들러볼 생각이 없었다. 오비두스는 '축제의 마을'이라고도 불리지만 딱히 지금이 축제 시즌도 아닌 데다가 본래 축제로 대표되는 곳들은 대개 축제 중이 아닐 때는 볼거리가 없어 심심하기 그지없으니까. 무엇보다 성벽 안의 작은 마을, 축제에 죽고 못 사는 마을은 유럽에 쌔고 쌨으니 별 특별할 게 없을 가능성이 컸다. 그렇지만 이곳 또한 현지인이 추천했던 곳이어서 마냥 모른 척하기엔 조금 아쉬웠기에 레이리아를 방문했던 것처럼 속는 셈 치고 방문했다. 결과는 대성공. '안 갔으면 어쩔 뻔했어' 싶게 마음에 쏙 드는 동네였다.

과거 무어인들이 쌓은 견고한 성벽 안쪽으로 하얀 집들이 주황빛 지붕을 얹은 채 올망졸망 모여있어 바라보기만 해도 기분이 좋아졌다. 비슷한 집들이 연달아있으면 조금 심심한 느낌이 들 때도 있는데 오비두스의 집들은 흰 바탕을 기본으로 하면서도 중간중간 파랗고 노란 덧칠을 하기도 했고, 붉은 꽃들도 소담스럽게 피어있어 전혀 단조롭지 않았다. 전체적인 분위기를 크게 벗어나지 않으면서도 제각각의 개성을 뽐내는 집들 사이를 거닐며 무척이나 행복했다. 날씨도 화창했고 주말을 맞아 사람들도 제법 거리에 나와 있어 오랜만에 다시금 여행을 온 느낌이 났다. 여행이 계속되다 보면 지금 내가 여행 중이란 사실을 종종 잊게 되는데 오비두스가 그 느낌을 다시 일깨워주었다.

골목을 따라 동네를 거닐던 중 마음이 가는 서점을 한 곳 만났다. 서점은 독특하게도 과일 가게와 결합되어있었다. 유심히 보니 서점의 책장들도 모두 과일 상자로 만들어진 것. 과일 상자를 차곡차곡 쌓아서 만든 책장은 제법 짜임새 있게 꾸며져 있어 재활용품으로 만든 것이란 생각이 들지 않을 정도였다. 이런 기발한 발상이라니. 책으로는 마음을 살찌우고 과일로는 몸을 살찌울 수 있는, 이른바 '완벽한 공간'을 조그만 시골 마을에서 드디어 발견해낸 것이다.

이곳에선 오래된 중고책들을 주로 취급하며, 대부분은 여행, 요리, 미식, 와인 등에 대한 책이라고 한다. 말은 그렇게 해도 직접 살펴보니 다른 주제의 책들도 제법 구비되어있는 데다가 포르투갈어뿐 아니라 영어, 불어, 독어 등 다양한 언어의 책들도 쉽게 눈에 띄었다. 아쉽게도 한국어로 된 책은 없었다.

오비두스에서 꼭 해야 한다는 것은 딱 한 가지. 바로 진쟈를 마시는 일이다. 체리로 담가 새콤달콤한 맛이 일품인 체리주 진쟈는 포르투갈 전역에서 만날 수 있지만 오비두스에서 만들어진 진쟈를 최고로 친다고 한다. 오비두스는 포르투갈에서 체리가 가장 잘 익는 마을이고, 가장 잘 익은 체리로 담근 술이 가장 맛있는 것은 당연지사다.

마을을 걷다 보면 진쟈를 잔술로 파는 노점이 많은데, 독특하게도 보통 잔이 아니라 초콜릿으로 만들어진 잔에 술을 따라 준다. 그러니까 오비두스에선 진쟈를 한 잔 마시고, 달콤 쌉싸름한 초콜릿 컵까지 먹어 없애 입가심을 해야 비로소 진쟈를 제대로 맛보았다고 할 수 있는 것이다. 가격은 보통 1유로. 비싸다고 생각하면 비싸지만 달콤한 맛

으로 잠시나마 여행의 고단함을 달랠 수 있다고 생각하면 나름 합리
적인 가격이다.

진쟈를 마셔보는 것 외에는 딱히 이곳을 꼭 가야 해, 이것을 꼭 해봐
야 해하는 것은 없는 동네라 마음 놓고 유유자적 마을을 걸었다. 넓
지 않은 동네여서 그렇게 걸어봐야 금방이다. 느긋하게 점심 식사를
하고 카스카이스로 향했다. 이제 카스카이스와 카보 다 호카를 거쳐
리스본으로 복귀할 것이다.

세상의 끝, 또 다른 시작
카스카이스 & 카보 다 호카 Cascais & Cabo da Roca

23

우린 여행을 나설 때 '무척 멋지지만 잘 알려지지 않아 관광객이 없는 곳', '현지인들만 아는 숨겨진 비밀 장소' 같은 것을 꿈꾼다. 하지만 냉정히 얘기해 그런 곳은 거의 없다. 만약 그런 곳이 있다면 거긴 접근성이 떨어지거나 치안이 나쁘거나 상황에 따라 출입을 엄격히 제한한다거나 등의 제약 사항이 있을 가능성이 크다. 멋진 곳은 어떻게든 소문이 나기 마련이고 소문이 나면 사람들은 몰려들게 되어있다. 멋진 풍광을 누리고 싶은 것은 나만의 바람이 아니니까 어쩔 수 없는 일이다. 그런 장소를 독차지하겠다는 것도 어찌 보면 여행자의 얄궂은 이기심일 수 있다.

해안 산책로와 잘 정비된 해변이 줄지어 이어지며 휴양지로서의 면모를 뽐내는 카스카이스는 현지인들보단 외지인들, 정확히는 외지에서 온 돈 많은 휴양객들이 많은 곳이다. 카스카이스의 바다는 동네 아이들이 뛰어들어 물장난을 치는 소박한 바다가 아니라 모든 것이 깔끔히 정돈된 고급 휴양지의 바다에 가깝다. 그 말을 증명하듯 도로엔 비싼 차들이, 해안가엔 비싼 요트가 줄줄이 늘어서 있기도 했다.

그러나 카스카이스의 바다는 우리가 흔히 상상하는 잔잔하고 따뜻한 휴양지의 바다와는 조금 차이가 있다. 이쪽의 바다는 '역시 대서양이다' 싶게 거대한 파도가 쉼 없이 절벽을 때리고, 바람도 거센 편이라 우습게 봤다간 큰일 날 모양새다. 거칠고 위협적인 바다. 그 고약함은 '지옥의 입'이라 불리는 해안 절벽에 뻥 뚫린 구멍이나 뚝 끊어져 버린 것 마냥 투박한 절벽만 봐도 바로 감이 온다.

간단히 카스카이스 해변 산책을 마치고서는 카보 다 호카에서 일몰을 감상하기 위해 서둘러 차를 몰았다. 가까스로 시간은 맞추었으나 구름이 잔뜩 끼어있어 우리가 기대했던 그런 일몰은 만날 수 없었다. 하긴, 엽서에 나오는 풍경을 쉽게 만날 수는 없으리라. 그럼에도 불구하고 날씨와 관계없이 이곳의 풍경은 충분히 감동적이었다. 칼로 썰어낸 듯 육지가 끝나고 그와는 반대로 끝도 없이 대서양이 펼쳐진 풍경. 방해되는 것 하나 없이 시야 가득 바다가 들어찼다.

유라시아 대륙의 가장 서쪽에 위치한 카보 다 호카. 지구상에 다른 대륙이 존재하는 줄 몰랐던 14세기 말까지 이곳은 '완전한 세상의 끝'이라 여겨졌고 지금도 여전히 '세상의 끝'이라 불린다. 포르투갈

의 국민 시인인 카몽이스(Camões)가 말했듯, 이곳은 "땅이 끝나고 바다가 시작되는 곳"이다. 포르투갈은 섬나라가 아니지만 부단히 바다와 싸워온 나라다. 이베리아 반도에서 유일하게 맞닿아있는 거대한 스페인과 부담스러운 소모전을 벌이느니 일찌감치 바다로 눈을 돌리는 게 여러모로 더 이득이었을 것이다. 그런 시각에서 본다면 '세상의 끝'은 바다로의, 다른 세상으로의 '또 다른 시작'을 의미하는 건지도 모른다. 두려움을 극복하고 바다로 나아가 새로운 대륙을 발견했던 이들처럼 우리도 새로운 희망과 용기를 품을 수 있을까. 우리가 이 여행을 마치고 우리의 자리로 되돌아갔을 때, 우리는 과연 어떻게 살 것인가.

이날의 카보 다 호카는 워낙 바람이 거세어서 몸을 가누기 힘들 정도였다. 파도도 바람만큼이나 요란스러웠다. 대자연만이 보여줄 수 있는 웅장함과 그 경이로운 힘 앞에 서니 왠지 모를 허무함이 몰려왔다. 바닷바람 앞에 제 몸 하나 제대로 가누지 못하는 나약한 존재인 인간들. 그런 나약한 인간들이 만들어 놓은 세상에서 상처받는 더 나약한 우리.

이곳에서는 땅끝에 다녀갔다는 인증서를 받을 수 있다. 상술에 불과한 한갓 종잇조각일지도 모르지만 이곳에 우리가 서 있었다는 기억이 희미해질 때 즈음에 다시금 지금의 감정을 떠올리게 할 수 있을 것 같아 인증서도 챙겨 넣었다. 아직은 이 인증서를 다시 펼쳐 본 적이 그리 많지는 않지만, 산다는 것은 고단한 일이니 언젠가는 그럴 날이 올 것이다. 지푸라기라도 붙잡고 싶은 날에 여행 앨범과 함께 꼭 다시 펼쳐보리라.

175

궁전이 우리의 환상을 자극하는 이유
켈루스 Queluz

조금 지치는 감이 있는데 요 며칠 계속 근교를 돌면서 여행을 하는 건 렌트카를 반납할 날짜가 임박해서다. 내일 오전 중에는 차를 반납해야 하니 이제는 좋든 싫든 진정한 뚜벅이 여행자가 되어야 한다. 즉, 오늘로 근교 투어도 마지막이다. 오늘은 켈루스(Queluz)와 신트라, 두 군데에 가보기로 했다. 보통 신트라와 카스카이스, 카보 다 호카를 모두 합쳐 당일치기(세 지역을 연계하는 통합권도 있다)로 돌아본다고 하니 우린 그보단 훨씬 여유롭게 다닐 수 있겠지 싶었는데 그건 착각이었다. 낭만적으로 얘기하자면 생각보다 신트라에 볼거리가 무척 많았기 때문이고, 현실적으로 얘기하자면 신트라라는 동네 자체가 아주 오래된 동네여서 도로 사정이 좋지 않았기 때문이다. '이게 맞는 길이야?' 싶을 정도로 좁고 꼬불거리는 길들은 골목이라 표현하는 것도 아까울 정도였고 주차할 곳도 거의 없었다. 유료 주차장은 당연히 만차에 약간의 틈바구니만 있어도 다들 비집고 차를 밀어 넣어둔 상태라 빈자리가 날 때까지 마을을 빙글빙글 몇 바퀴나 돌아야 해 이 부분에서 시간 소비가 컸다. 차를 신경 쓰지 않는 보행자들도 많아 그들을 피

▲ 이 정도 길은 상황이 나은 편이다. 엄살 아님!

해 운전을 하는 것도 어려웠는데 그렇다고 해서 '신트라엔 꼭 대중교통으로!'라고 설명하자니 그것도 다소 애매하다. 리스본에서 신트라까지 이동하는 건 그렇다 치더라도 신트라에서 꼭 가봐야 한다는 곳들이 다들 제법 거리를 두고 떨어져 있기 때문이다. 신트라의 상징격으로 불리는 페나 성(Palácio Nacional da Pena)이나 무어 성(Castelo dos Mouros)은 산꼭대기에 있는데 그날 하루를 등산에 오롯이 투자한다면 모를까, 웬만큼 걸어서 갈 수 있는 수준이 아니다. 대중교통편으로도 닿을 수는 있지만 이용하려는 사람이 많아 정류장마다 사람이 넘쳐나고, 배차도 듬성듬성해 계획을 치밀하게 세우지 않으면 단단히 일정이 꼬일 가능성이 있다. 여행에 정답이란 건 없으니 결국은 각자의 취향 문제겠지만 우리가 만약 다시 신트라에 갈 수 있다면 그때도 역

시 렌트카를, 대신 당일치기가 아니라 숙박을 하며 좀 더 천천히 돌아보는 쪽을 택하겠다.

신트라에 가기 전, 우선은 '포르투갈의 베르사유'로 불린다는 켈루스 궁전(Palácio Nacional e Jardins de Queluz)을 찾았다. 켈루스 궁전은 본래 왕가의 여름용 궁전이었는데 리스본 대지진으로 리스본 시내에 있던 궁전이 무너진 이후엔 이쪽이 아예 왕의 거처가 되었다고 한다. 정확히 하자면 코르메시우 광장에 있던 원래 궁전이 파괴된 후, 벨렘 쪽에 아주다 궁전(Palácio Nacional da Ajuda)을 지어 이주했다가 이 궁전도 큰 화재로 망가지면서 결국은 이쪽으로 왔다고. 본래 여름용 궁전은 여름 한철 머무르며 더위를 식히고 가는 별장에 가까운 곳이다. 그래서인지 정원과 분수 등을 정성껏 꾸며놓은 모습이 눈에 띄었다.

궁전은 내부도 외부도 무척이나 예뻤다. 설명에 따르면 로코코 양식으로 매우 신경 써서 꾸몄다고 하는데 사치스럽다는 느낌은 그다지 들지 않았다. '그래도 명색이 궁전인데 이 정도는 되어야지'하는 정도였다. 그 와중에도 똑같거나 비슷한 방은 하나도 없었는데 제각각의 방들이 과하지 않게 딱 '세련되다' 싶을 정도로 꾸며져 있어 참 좋았다. 이렇게 보니 마냥 화려하게 치장한 것보다는 깔끔한 쪽이 조금 더 내 취향인 듯하다. 아주 아주 화려한 공간도 몇몇 있긴 했지만 프랑스나 스페인의 다른 유명한 궁전들에 비하면 이 정도는 수수한 편에 가깝다.

궁전의 방들은 잠을 자는 곳, 커피를 마시고 담배를 피우는 곳, 화장하는 곳, 회의하는 곳, 밥을 먹는 곳 등 용도가 모두 나뉘어있는데 단순히 부를 과시하고 사치스러움을 뽐내기 위해서는 아닐 것이라 생각한다. 궁전은 직접적인 생활 공간인 동시에 다양한 업무도 봐야 하는 곳이기에 더욱더 공간의 분리가 필요한 곳이다. 누구나 한 번쯤은 경험해 봤듯이 침대에서 밥을 먹고, 식탁에서 숙제를 하면 집은 순식간에 엉망진창이 되어버린다. 어쩌면 궁전이 우리의 환상을 자극하는 이유는 그 화려함보다도 공간들이 깔끔하게 잘 분리되어있기 때문인지도 모르겠다. 일반 가정집에서는 꿈꾸기 어려울 정도로 공간들이 모두 엄격하게 분리되어있는 모습을 보니 내 마음이 다 편안해진다.

알록달록 페나랜드
신트라 Sintra

차를 타고 꼬불꼬불 이어진 좁은 길을 따라 산기슭을 기어오르니 신트라 제1의 명소인 페나 성의 입구가 보인다. 하지만 말로만 입구일 뿐, 여기서 입장권을 끊고도 한참 더 산을 올라야 진짜 페나 성을 만날 수 있다. 긴가민가하며 미니버스 티켓을 추가 구매해 미니버스를 탔더니 꽤 오래 산비탈을 오른다. 그제야 성은 산꼭대기에서 알록달록한 빛깔로 우리를 맞아주었다. 참으로 만나기 힘든 녀석이다.

강렬한 원색을 뽐내는 페나 성은 차분하고 고즈넉한 일반적인 고성의 모습과는 거리가 멀어 보였다. 만화나 동화 속에 나오는 성이라고 하기에도 조금은 어색한, 사실 성이라기보단 하나의 놀이동산 '페나랜드' 같아 보일 정도였다. 인형 탈을 쓴 사람들이 몰려나와 꼬맹이들에게 손을 흔들며 풍선을 쥐여줄 것 같은, 그런 모습이 절로 연상되는 곳 말이다. 색은 그렇다 치고 건축물의 모양새만 놓고 봐도 유럽의 다른 고성들에 비해 왠지 모르게 조금은 귀엽고 어설픈 맛이 났다. 마치 테마파크에 대강 구색을 맞추려 지어놓은 가짜 성처럼 몹시 인위적인 느낌이 들기도 했는데 한편으로는 밝은 색감이 주는 특유의 사랑스러움이 성 전체에 배어있어 믿지 않았다. 슬쩍 보면 다소 유치하지만 또 달리 보면 신기하다. 왜 그 시절의 다른 성들과 달리 유독 페나 성만 이토록 요란한 모습일까. 이것은 아마도 성 주인의 취향이겠지. 어찌 보면 시대를 앞서간 화려한 미적 감각이라고 보는 편이 더 적절할 수도 있겠다.

페나 성은 16세기 즈음에 세워진 수도회 건물을 19세기에 페르난두(Fernando) 2세가 매입하여 확장 및 개조한 곳이다. 심지어 그 시절에 독일에서 건축가를 초빙까지 해와 작업을 맡겼다고. 하지만 이곳은 그런 구구절절한 역사보다는 화려한 색상의 탑과 건물, 양파를 얹어 놓은 듯한 돔, 조금은 이슬람스러운 발코니 등 특유의 개성 있는

겉모습 덕에 인기인 곳이다. 돌출된 커다란 창에 매달려있는 트리톤 (Triton) 또한 눈길을 끌었는데 마치 트리톤이 성 전체를 떠받쳐 들고 있는 것으로 보이기도 했다. 트리톤은 상반신은 인간, 하반신은 인어의 모습을 하고 있는데 이는 세상의 창조를 상징한다고 한다.

성의 안쪽에는 트릭 아트로 꾸며놓은 방과 마누엘 양식의 회랑, 왕실 사람들이 사용했던 예배당, 고급스러운 유리그릇들과 전기 촛불을 들고 있는 터키인의 형상, 72개의 촛불을 품을 수 있는 금빛 샹들리에 등 제법 볼거리가 있었는데 좀 전에 켈루스 궁전을 실컷 보고 와서 그런지 미안하게도 별 감흥은 들지 않았다. 결국 우리에게 페나 성은 안쪽보단 바깥쪽이 훨씬 인상적인 곳으로 기억에 남았다.

▲ 벽에 조각을 새기는 대신 그려 넣은 일종의 트릭아트 장식

신트라는 달콤한 과자류로도 유명한데 그중에서도 가장 알아주는 것은 케이자다와 트라베세이루라고 한다. 이들을 맛보기 위해 페나 성에서 내려오자마자 샛노란 간판이 달린 빵집부터 찾았다. 자리를 잡고 주문을 하고 있으니 중국인 단체 관광객들이 빵집으로 몰려들었다. 깃발을 든 가이드가 케이자다와 트라베세이루를 가리키며 열심히 설명하는 걸 보니 정말 그 두 빵이 신트라의 명물이긴 한 것 같다. 케이자다는 타르트 비슷하게 생겼는데 치즈와 시나몬이 들어간 맛이었다. 요즘 인기인 일본식 치즈 타르트만큼 촉촉하거나 치즈가 주르륵 흘러내릴 듯한 느낌이라기보단 스폰지 케이크의 식감에 가까웠다. 트라베세이루는 '베개'라는 뜻이라고 하는데 길쭉하고 폭신한 것이 정말로 베개를 똑 닮았다. 둘 다 별 특별한 맛은 아니지만 생긴 대로 무척이나 포근하고 소박한 맛이어서 커피와 함께하며 잠시 쉬어가기에 좋았다.

포르투갈의 상징, 바르셀루스의 닭

이미 작년 얘기지만 2017년 정유년을 맞이할 시점 즈음엔 여기저기서 닭에 관한 상품들이 쏟아졌었다. 하지만 '치느님'은 고사하더라도 사실 닭은 원래부터 우리 생활에 아주 가까이 있는 동물이다.

무속신앙에 대해 잘은 모르지만 '닭 울음소리에 귀신(도깨비)들은 얼른 달아났습니다'라는 이야기를 어릴 적에 많이 읽은 기억이 있다. 〈전설의 고향〉 속 귀신들이 닭 울음소리에 기겁하는 장면도 본 것 같다. 닭이 운다는 것은 새벽이 온다는 것이고 죽은 자들이 아니라 산 자들의 세상이 열린다는 것이니 어찌 보면 닭은 죽은 자들을 쫓고 산

자들을 돕는 존재라고 할 수도 있을 것이다(물론 이와는 반대로 '닭의 목을 비틀어도 새벽은 온다'라는 말도 있다).

닭은 기독교에서도 꽤 중요한 동물인데 예수를 부인했던 베드로가 뒤늦었지만 자신의 죄를 회개하도록 만들었기 때문이다. 베드로가 "너는 닭이 울기 전에 나를 세 번 부인할 것이다"라는 예수의 말을 떠올리고 눈물 흘린 것은 정말로 닭의 울음소리를 듣고 난 후였다.

포르투갈에서도 정유년의 한국 못지않게 닭에 관한 상징물들을 많이 만날 수 있었다. 다만 우리와 차이가 있다면 이쪽은 특정 연도만이 아닌 '언제나'라는 점이다. 포르투갈의 닭은 수탉(장닭)으로 알려져 있으며 희망과 정의를 상징한다. 이에는 아래와 같은 이야기가 전해진다. 누구에게서 전해 듣느냐에 따라 디테일에는 약간씩 차이가 있지만 전체적인 흐름은 같다.

한 청년이 순례길을 걷던 중 바르셀루스(Barcelos)에서 억울하게 누명을 쓰고 도둑으로 몰렸다. 결백을 증명할 방법이 없어 교수형을 당할 위기에 처했고 이에 청년은 '내가 결백하다면 닭이 울 것이다'라고 말했다. 하지만 당시 마을엔 닭이 없었고 유일하게 한 마리 남아있던 닭은 통구이가 되어 재판관의 접시 위에 올라있었다. 그런데 이 닭이 접시 위에서 힘차게 울었고, 덕분에 청년의 무고함을 입증할 수 있었다고 한다.

포르투갈에 방문하게 된다면 바르셀루스의 닭을 찾아보자. 굳이 찾으려 애쓰지 않아도 곳곳에 널려있긴 하지만 사연을 알고 만나게 되면 조금 더 반가운 마음이 들지도 모른다. 우리도 네 마리나 입양해왔다.

신트라의 보물 상자, 신트라 궁
신트라 Sintra

26

지친 다리를 잠시 달랜 후엔 원뿔을 닮은 커다란 쌍둥이 굴뚝으로 대표되는 신트라 궁(Palácio Nacional de Sintra)으로 향했다. '신트라에 왔으니까, 어차피 빵집 바로 앞이니까'하는 가벼운 마음으로 들렀던 신트라 궁은 알고 보니 매력이 넘쳐나는 일종의 보물 상자 같은 곳이었다. 포르투갈에서 가장 오래된 아줄레주들을 직접 구경할 수도 있고 곳곳에 이슬람 양식의 흔적도 남아있어 여태껏 만났던 유럽의 다른 궁전들과는 사뭇 다른 느낌에, 풍기는 분위기도 다채로웠다. 오전에 만났던 켈루스 궁전에선 용도에 맞게 잘 꾸며진 공간들이 매력적이었고, 조금 전 들렀던 페나 성은 알록달록한 외관이 멋졌다면 신트라 궁에선 각 방의 천장 장식과 아줄레주에 흠뻑 빠져버렸다.

군이 따지자면 신트라 궁은 외관보다는 내부 장식이 더 멋진 곳이었는데, 그중에서도 집중해봐야 할 것들은 거의 천장 장식이라 신트라 궁에서 만난 사람들은 모두 한껏 고개를 젖힌 채 카메라를 위쪽으로 치켜들고 있었다. 모두 똑같은 포즈로 똑같은 사진을 찍는 것 같아 조금은 우습기도 하지만 누구라도 그럴 수밖에 없을 정도로 이곳의 천장들은 흥미로웠다.

▲ 아줄레주들은 비슷한 듯하면서도 모두 미묘하게 다르다

가장 먼저 들른 곳은 27마리의 백조들이 팔각형의 프레임 안에 그려져 있는 '백조의 방'. 우아한 백조들이 각각 다른 포즈인 걸 보니 무척이나 정성을 들여 장식한 것 같았는데 왕비가 시집간 딸을 위해서 꾸민 방이라고 한다. 176마리의 까치가 천장에 그려진 '까치의 방'도 있는데 '백조의 방'보다 미적인 면에선 조금 떨어지는 것 같지만 대신 재미있는 이야기가 전해져 역시 인기가 있다. 주앙 1세가 한 하녀와 입 맞추고 있는 모습을 왕비에게 들킨 후, 이는 순수한 마음에서 행한 '선을 위한 행위'라고 둘러댔다고 한다. 그리고는 다른 하녀들 역

시 이 '선한 행위'를 '기다리고 있는 것'이라며 하녀의 수만큼 천장에 까치(당시 까치는 순결의 상징으로 쓰였다)를 그리게 했다는 이야기다. 때문에 까치의 수는 그 당시 하녀의 수와 일치한다고.

이슬람 특유의 기하학적 무늬와 비둘기가 빼곡히 그려진 왕실의 예배당, 배를 뒤집어 놓은 듯한 모습의 갤리온의 방도 제법 특이해 재미있게 둘러보았다.

짧은 시간 동안 비슷한 것들을 많이 보게 되면 나중엔 '그게 그거' 같은 느낌이 들 때도 있는데 신트라 궁에서 본 것들은 모두 처음 보는 것들이라 내내 신기하고 즐거웠다.

신트라 궁에서 하이라이트로 꼽히는 공간은 '문장의 방'이다. 문장의 방은 황금빛 천장 장식과 청화 백자를 닮은 푸른 아줄레주가 함께 어우러진 곳으로, 구경하는 사람들의 혼을 쏙 빼놓을 만큼 화려했다. 사진에선 잘 보이지 않지만 실제로 보면 무척이나 번쩍번쩍해서 일종의 압도감이 느껴진다. 왕의 문장과 8명의 자녀들의 문장, 용맹한 수

사슴의 모습이 순서대로 표현되어있고, 그 주위를 16세기 당시 주요 가문의 문장들이 둘러싸고 있다.

오히려 실망스러웠던 곳은 부엌. 궁 내부에서 만나본 진짜 부엌은 바깥에서 보았던 독특하고 커다란 굴뚝과는 달리 다소 평범한 모습이었다. 네모 반듯한 건물들 사이에서 쑥 올라와 있는 원뿔형 굴뚝은 재미있는 이야기를 많이 가지고 있을 줄 알았는데…. 다만 그 크기만큼은 정말로 어마어마했다. 그 때문에 연기가 아주 잘 빠져 궁 안에서는 음식이나 연기 냄새가 거의 나지 않았다고 한다.

단순히 예쁜 사진을 찍기 위해서가 아니라 정말로 '신트라스러운' 곳을 딱 한 군데만 추천하라고 하면 페나 성보다는 신트라 궁을 추천하겠다. 귀엽고 예쁘기는 페나 성이 제일이겠지만 신트라 궁은 포르투갈에 유일하게 남은 중세의 왕궁답게 오래된 이야깃거리들로 가득한 곳이다. 눈에 띄는 화려함보다 내밀한 이야기에 귀 기울일 수 있는 심성을 지닌 것에 우리는 오늘도 감사한다.

구경을 마치고 주위를 둘러보니 울창한 언덕 위에 크고 작은 집들이 놓여있다. 이런 풍경이야말로 신트라의 모습을 가장 잘 보여주는 풍경인 것 같다. 신트라에 대해 이제야 약간 감을 잡을 수 있을 것 같은데 섭섭하게도 이미 낮 시간이 많이 지났다. 겨울엔 해가 짧으니 다음 장소로 가는 걸 서둘러야겠다.

비밀스러운 정원과 별장을 거닐며
신트라 Sintra

주차를 위해 주변을 헤매는 동안 해는 야속할 정도로 빠르게 넘어가고 있었다. '아직 두 군데나 더 들러야 하는데, 이러다간 문을 닫겠어!' 싶어 마음이 급했지만 현실적으로 차를 세울 곳이 없으니 발만 동동 굴렸다. 누군가 빠져나간 자리에 가까스로 차를 세우고 간신히 헤갈레이아 별장(Quinta da Regaleira)으로 들어섰다.

헤갈레이아 별장은 커피와 보석 무역으로 거부가 된 안토니우 몬테이루(António Monteiro)가 헤갈레이아 남작의 저택과 정원을 구매한 후 자기 취향에 맞게 개조한 곳이다. '이런 게 모두 개인 소유라니 역시 돈의 힘은 위대해' 싶은 장소인데 별장보다는 정원이 더 독특한 곳이라고 한다. 그런데 우린 그 사실을 잘 몰랐던데다가 구경할 시간도 부족해 '별장과 별장 근처의 정원만 후딱 둘러보고 가자'라는 바보 같은 전략을 세웠다. 그래서 미로 같은 정원의 이곳저곳을 연결하는 인공 동굴도, 빙글빙글 돌며 계단을 올라야 한다는 원통형 9층 탑도 모두 놓치고 말았다. 특히 탑은 가짜 돌문 뒤에 숨겨져 있어 마치 동화 속에 등장하는 비밀 장소 같은 느낌이라고 하니 뒤늦게 아쉬울

따름이다. 나중에 '그 별장은 그게 전부인데 그거 안보고 뭐 한 거야!' 라는 마음 아픈 핀잔도 들었다. 물론 이런 관람 포인트들을 미리 알았다 해도 정원은 엄청나게 넓고 우린 시간이 부족했으니 어찌할 바가 없었으리라. 이곳은 여유로운 날에 하이킹을 하듯 한참을 걸으며 구경해야 하는 그런 장소였다. 고로 이날 우리의 작전은 완벽한 실패였다.

▲ 여유롭게 거니는 고양이들을 많이 만날 수 있었던 점이 그나마 위안이 되었다

설상가상으로 별장 자체는 그다지 매력이 없었다. 외관은 도도하고 멋진 데 비해 내부는 예상외로 평범한 가정집의 느낌! 바닥의 화려한 모자이크 말고는 별것 없는 데다가 엎친 데 덮친 격으로 위층은 공사 중이었다. 정원 중에서 하이라이트인 부분을 보지 못한 것도 억울한데 별장도 그저 그렇다니. 어쩌면 이 별장의 주인인 안토니우 몬테이루는 나름의 모험을 즐기며 혼자만의 비밀을 간직하는, 그리고 그와 동시에 편안하고 평범한 보금자리를 원했던 '소년'을 닮은 사람은 아니었을까 하고 내 멋대로 상상해보았다.

몬세라트(Monserrate)까지 둘러보고 나면 계획했던 오늘의 일정이 모두 마무리된다. 이곳 또한 헤갈레이라 별장만큼이나 넓고 비밀스러운 정원이 매력적인 곳인데 이번에도 시간 관계상 정원을 만끽할 수 없어 또다시 아쉬웠다. 이곳의 정원은 대강 아무 나무나 풀들을 심어놓은 것이 아니라 장소마다 테마에 맞게 컨셉을 잡고 꾸며놓은, 일종

의 수목원 느낌이 났기에 그 아쉬움이 더 컸다. 이채로운 풍경 덕분에 영화 촬영 장소로도 많이 쓰였다고 하는데 별장까지 가는 길과 닿아있는 곳들만 단편적으로 둘러보아도 꽤나 정성껏 가꾸고 있다는 것을 알 수 있었다.

그나마 다행인 것은 별 매력이 없었던 헤갈레이라의 별장과는 달리 이곳의 별장은 무척이나 아름답고 섬세했다는 점이다. 내부의 장식들은 식물을 모티브로 하고 있어 별장 자체가 또 하나의 정원 같기도 했고 이국적인 풀과 나무들로 가득한 바깥의 진짜 정원과도 잘 조화되는 느낌이었다.

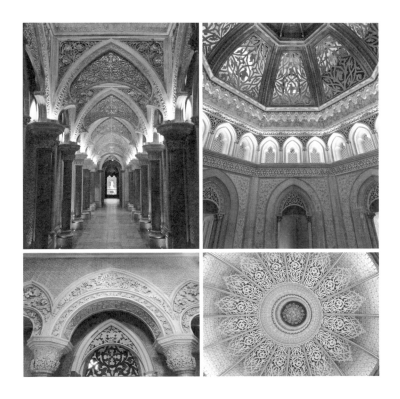

여지껏 인도에 가본 적이 없어 잘은 모르지만 이곳의 패널들은 인도
의 모굴 양식을 따른 것이라고 한다. 그동안 유럽의 여러 유적들을
돌아보며 이슬람 양식에서 따온 장식은 종종 보았어도 인도의 영향
을 받은 것은 처음 보았는데 이슬람 양식과 비슷한 듯하면서도 다소
생경하게 느껴졌다.

피곤할 정도로 빡빡했던 신트라에서의 하루를 마감하고 리스본으로

돌아와 저녁 식사를 했다. 어디로 가야 할지 미리 정해놓지 않아서 적당히 강변의 푸드 코트인 'Time out market'으로 향했다. 이곳에 입점한 가게들은 대부분 리스본의 맛집으로 소문난 곳들이고 그중에서도 대표 메뉴 위주로 판매하기 때문에 뭘 골라도 실패할 가능성이 작다. 인기 많은 가게들만 모아놓은 곳이지만 이 안에서도 사람이 더 몰리는 곳과 덜 몰리는 곳의 차이가 큰 걸 보면 참 아이러니하다. 학생 시절에 경험했던 우열반의 느낌이랄까. 공부 잘하는 애들만 골라서 모아놓아도 그 안에서도 결국 1등과 꼴찌가 또 생기게 되는 구조. 무한 경쟁을 부추기는 바로 그 구조를 지구 반대편에서 다시 만나게 되다니. 여태까지는 다른 지역들을 구경하느라 정작 리스본을 꼼꼼히 둘러보지 못했다. 내일부터는 리스본 시내 구석구석에 우리의 발자국을 찍어야지. 내일을 위해 일찍 자야겠다.

벼룩시장이 전해주는 이야기들
리스본 Lisboa

28

며칠 전에 정겨운 매력을 물씬 풍기는 알파마의 골목들을 둘러보긴
했지만 알파마에 그런 '골목'들만 있는 건 아니다. '유적'이라고 부를
만한 것들(이를테면 성당이라거나)도 많이 남아있어 오늘은 굵직한 포인
트 위주로 알파마를 다시 걷기로 했다.

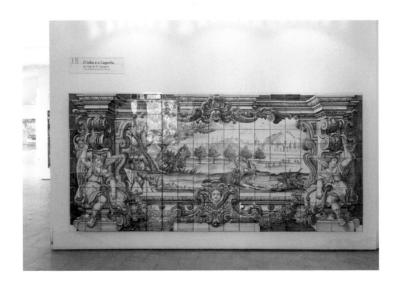

두 번째 알파마에서 가장 먼저 찾은 곳은 상 비센테 지 포라 수도원 (Paróquia de São Vicente de Fora)이었다. 수도원은 여러 주제의 아줄레주로 장식이 되어있는데 그중에서도 가장 눈길을 끄는 것은 라퐁텐(La Fontaine)의 우화를 소재로 삼은 부분이었다. 라퐁텐의 우화 중 무려 38가지가 아줄레주로 표현되어있는데 이 부분만 따로 떼어내어 관람하기 편하도록 잘 정리되어있었다. 그런데 생각보다 아는 이야기가 많이 없어 아리송했는데 나중에 찾아보니 내가 알고 있던 우화들은 대부분이 이솝 우화로, 라퐁텐의 우화와는 다른 것들이었다. 내가 알고 있던 '여우와 황새' 이야기는 여우는 납작한 그릇에 음식을 대접해 황새를 굶게 만들고, 황새는 호리병에 음식을 대접해 여우를 굶게 만들었다는 이야기이지만 이곳에서 만난 '늑대(여우가 아니긴 하다)와 황새' 이야기는 황새가 늑대 목에 걸린 가시를 빼내어 주고는 보상을 요구하자 '내 입속에서 무사히 머리를 꺼낸 것을 보상으로 알라'며 늑대가 도리어 으름장을 놓았다는, 다소 기가 막힌 이야기였다.

정작 이 수도원은 라퐁텐 우화를 엿볼 수 있는 아줄레주보다는 수도원 근처에서 열리는 리스본 최대의 벼룩시장, 일명 '도둑 시장(Feira da Ladra)'으로 더 유명하다. 수도원 코앞에서 열리는 시장의 이름이 하필 '도둑' 시장이라니 좀 웃기는 얘기다.

도둑 시장은 13세기부터 몇몇 도둑들이 장물을 늘어놓고 팔면서 시작됐다(Ladra에는 벌레라는 의미도 있어 '골동품에서 나온 벌레'에서 파생된 이름이라는 이야기도 있다)고 하는데 지금은 그 규모도 엄청나게 커지고 재미난 볼거리도 많아 리스본에 온 여행자의 필수 방문 코스가 되었다고 한다. 그렇지만 런던이나 파리의 잘 정돈된 벼룩시장에 비한다면 이쪽은 아수라장에 가까운 느낌이다.

시장이라고 해서 제대로 된 가판대나 천막 같은 게 있는 건 아니고

다들 대충 자리만 깔고 물건을 늘어놓았다. 정리정돈을 잘해둔 사람
도 있고 적당히 쌓아둔 사람도 있지만 어느 집이든 제각각 특색 있는
물건들로 가득하다. 포르투갈 특유의 분위기를 풍기는 화려한 타일
과 찻잔, 앤틱한 소품들과 각종 액세서리, 책과 잡지, 옛 시절을 간직
한 우표와 동전은 물론이고 군용물품까지. 게다가 '저런 걸 누가 사?'
싶은 물건들도 누군가는 집어 들고 꼼꼼히 살피고 있으니 참으로 희
한한 풍경이었다.

내가 원하는 물건을 한눈에 찾기는 어려울 수 있지만, 그 과정 자체
가 하나의 재미로 다가온다. 손님은 주인에게 이러저러한 물건이 있
냐며 말을 걸고, 주인 또한 잘 대꾸해준다. 그런 물건은 없고 대신 이

런 게 있다든지, 지금은 없는데 다음번에 들고나오겠다든지, 혹은 옆집으로 가보라든지 등의 대화가 계속되고 있었다.

전문 상인도 있긴 하지만 물건들 대부분이 누군가의 집에서 나온 것들이라 남의 일상을 들여다보는 듯한 느낌이 드는 것도 무척 매력적이었다. '이 동네 사람들은 집에서 이런 접시를 사용하는군', '카페에서 쓰던 커피잔이 잔뜩 있는 걸 보니 근처 카페 하나가 문을 닫았나보군', '이 집의 애들은 어느덧 훌쩍 커버려서 더는 이런 장난감이 필요 없어졌나?'하는 식의 사연들을 눈치껏 알게 될 기회가 흔한 것은 아니지 않은가.

이곳의 물건들은 정형화된 것이 아니기에 흥정은 기본이다. 여기서

이야기하는 '흥정'은 부르는 족족 물건값이 깎인다거나, 처음에 부른 가격보다 싼 값에 구매하지 못하면 바가지를 쓴 호구가 된다는 그런 식의 흥정을 이야기하는 것은 아니다. 두 개를 같이 내놓았지만 하나만 필요하니 하나만 사겠다든지, 전혀 관련 없는 물건이지만 함께 살 테니 가격을 조금 깎아달라든지 하는 식으로, 일종의 '협상'에 가깝다. 물론 포르투갈어로 협상할 수 있으면 훨씬 더 일이 쉬워진다.

물건 상태는 당장 쓰레기통에 들어가야 할 것 같은 상태인 것부터 포장도 뜯지 않은 새것까지 무척 다양해 용도에 따라 꼼꼼히 확인하고 구매하는 것이 좋은데 이 역시 흥정의 요소다. 비슷한 품질의 물건일 경우, 마트나 백화점보다는 벼룩시장에서 구매하는 것이 훨씬 저렴하고, 잘하면 뭔가를 덤으로 더 얻을 수도 있다. 이날 우리도 작은 찻잔을 구매하기 위해 열심히 찾아다녔는데 커다란 찻주전자를 구매하면 찻잔은 그냥 주겠다는, 아주 적극적인 제안을 받기도 했다. 안타깝지만 그 무거운 것을 내내 들고 다닐 자신이 없어 그만둘 수밖에 없었다.

마트가 쉽고 좋지만 손때 묻은 물건에서만 찾아낼 수 있는 이야기까지 전해주지는 못한다. 누군가에겐 쓸모가 없어져 내다 팔기로 결심한 물건들 더미에서 나만의 보물을 찾아내는 보람 역시 그렇다. 그 맛에 많은 사람들이 없는 시간을 쪼개어가며 벼룩시장을 찾는 게 아닐까 싶다.

꼭 한 번쯤은, 아줄레주 박물관
리스본 Lisboa

포르투갈에 머무르는 동안 가장 마음에 깊이 남은 것은 아줄레주였다. '판판하게 갈아놓은 작은 돌'이라는 의미의 아줄레주는 포르투갈 특유의 타일 장식을 일컫는 말이다. 아줄레주에는 다양한 색상이 쓰이지만 대표적인 것은 흰 바탕에 파란색으로 그림을 그려 넣은 것이다. 이는 얼핏 보면 우리나라의 백자와 비슷한 느낌을 주기도 한다.

청백의 아줄레주는 하얀 거품을 일으키며 출렁이는 푸른 바닷물을 한껏 퍼다 담아놓은 것 같기도 하고 흰 구름과 청명한 하늘빛이 어우러진 모습 같기도 했다. 섬세한 무늬로 수 놓인 집들 사이를 걸을 때마다 아기자기하면서도 고색창연한 그 빛깔에 온통 마음을 빼앗겼다. 관리가 잘되지 않아 상태가 엉망인 곳도 있었고 누군가는 요즘 시대에 타일이 웬 말이냐며 촌스럽고 후져보인다고도 했지만 그저 내 눈엔 모두 운치 있어 보였다. 이런 빛깔을 꼭 끌어안고 일상을 살아갈 수 있는 그들의 삶이 무척 부럽기까지 했다. 꼭 리스본이 아니어도 아줄레주는 포르투갈 어디에나 있어 조금만 주의를 기울이면 질리도록 아줄레주를 볼 수 있긴 하다. 그렇지만 조금 더 체계적으로 아줄레주의 세계에 대해 알아보고 싶다면 역시 박물관이 답이다. 그렇게 우린 아줄레주 박물관(Museu Nacional do Azulejo)으로 향했다.

아줄레주 박물관은 예전엔 수도원으로 쓰였던 곳이라 관람 동선이 그다지 효율적이라곤 할 수 없지만, 힘들 정도로 밥풀을 많이 팔아야 하는 곳은 아니었다. 도리어 반대로 생각하면 수도원다운 회랑, 왕가의 초상화, 금으로 꾸민 화려한 제단 등을 예전 모습 그대로 볼 수 있다는 점은 허여멀건 하고 네모 반듯한 뻔한 박물관들에 비하면 아주 큰 장점일 것이다.

이곳엔 15세기부터 현대에 이르기까지 시대별로 아줄레주들이 전시되어있으며 제작 과정 등도 쉽게 이해할 수 있도록 잘 설명되어있다. 단순한 무늬의 반복에서 시작되어 카펫을 닮은 형태로 발전했다

▲ 흔히 아줄레주라고 하면 떠오르는 것들은 이런 푸른 계통의 것들이다

가 하나의 타일에 하나의 소재를 그리기도 하고 모자이크처럼 조각 조각을 모아 큰 그림을 완성하기도 하는 등 그 표현 양식은 꽤나 다양했다. 말 그대로 편평한 것도 있고 올록볼록하게 양감이 있는 것도 있었는데 진흙으로 빚은 납작한 판이 점차 화려한 아줄레주로 변해 가는 모습도, 컨버스에 그려진 그림들과는 또 다른 매력이 있는 점도 모두 모두 좋았다.

▲ 카펫을 닮은 형태

개인적으론 '모자 장수'를 주제로 한 연작 아줄레주가 특히 재미있었다. 빈털터리로 시골에서 상경한 청년이 모자 장수로 성공한 이야기를 담은 것인데 모자 장수 본인의 집 외벽을 꾸미기 위해 특별히 주문 제작된 것이라고 한다. 이는 19세기 중반 이후부터 아줄레주가 교회나 귀족들의 전유물에서 벗어나 대중화되었음을 알려주는 중요한 증거라고도 한다.

현대로 올수록 추상적이고 기하학적인 아줄레주들이 많아지는데 이는 여전히 실제 길거리의 표지판이나 담벼락, 지하철역 등에서 간간이 볼 수 있다. 포르투갈의 아줄레주는 과거의 것으로 그치는 것이 아니라 지금도 계속 지속되고 있는 하나의 문화라는 점에서 꼭 한 번쯤은 아줄레주 박물관을 둘러볼 것을 권하고 싶다.

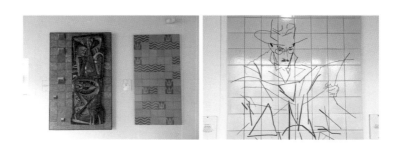

포르투갈의 아줄레주는 건물의 외부, 내부 구분 없이 사용되며, 애써 찾지 않더라도 내부를 아줄레주로 장식해둔 식당 등도 제법 많아 접할 기회도 많다. 그 분위기에 익숙해지기 전에는 마치 욕실에서 밥을 먹는 것 같아 이상한 기분이 들기도 했지만 지금은 그 푸르스름한 아

줄레주들이 그립기만 하다. 훗날 내 마음이 이렇게 될 것을 진작 알았기에 언제든 들춰볼 수 있도록 아줄레주를 주제로 한 사진집도 한 권 구매했고 여전히 아주 잘한 일이라고 생각한다.

생각해보면 아줄레주는 장식적인 용도를 떠나서도 꽤나 유용한 녀석일 것 같다. 벽지나 카펫보다 오래 사용할 수 있고 냄새가 배어들지도 않는다. 더러워져도 적당히 휙휙 닦아내면 되니 관리하기도 쉽다. 더위와 습기를 막아주면서도 비슷한 성격의 대리석 자재보다는 훨씬 저렴해 경제적으로도 부담이 적다. 이쯤 되면 거의 혁명 수준인데?

'아는 만큼 보인다'더니 역시 그렇다. 아줄레주 박물관 구경을 마치고 나니 거리의 건물과 타일 장식들이 한결 더 돋보이는 것 같은 기분이다. 남은 시간 동안은 리스본 시내에 남아있는 여러 성당들을 연달아 둘러보았다. 순서대로 콘세이상 벨랴 성당(Igreja da Conceição Velha), 산투 안토니우 성당(Santo António Church), 리스본 대성당(Sé de Lisboa)이 되겠다.

콘세이상 벨랴 성당

16세기 초에 화려하게 지었던 '자비의 성모 성당'이 이후 리스본 대지진으로 완전히 파괴되었는데 신기하게도 문이 달린 한쪽 벽면만 덜렁 남았다고 한다. 한 건물이 완전히 망가지는 과정에서 하나의 벽면만 온전히 남는 게 분명 쉬이 일어나는 일은 아닐 텐데, 마카오에도 이런 식으로 마치 종잇장을 세워둔 듯 버티고 선 '세인트 폴 성당'이 있으니 조금은 놀라운 일이다. 게다가 마카오는 포르투갈의 식민지였던 곳이니 이걸 순수히 우연이라고 보기는 어려울 성 싶다. 포르투갈만의 어떤 특수한 건축 방법이 그런 결과를 불러온 건 아닐지 무척이나 궁금했지만 아직도 명확한 이유는 밝혀지지 않았다고 한다. 아무튼, 이후 18세기 중반 즈음에 새로운 성당을 지었는데 남아있던 문을 그대로 활용했다고. 그러니까 지금 내 눈앞에 서 있는 콘

세이상 벨랴 성당은 18세기 중반에 지어진 건물에 16세기의 문이 달린, 복잡한 역사의 주인공인 셈이다. 이 성당에서 가장 볼 만한 것은 역시나 가장 오래된 문 부분인데 이 근처에는 이런 식의 화려한 건물이 거의 없어 마누엘 양식의 화려함이 더욱 돋보였다.

▲ (좌)문에 새겨진 장식들은 경건하다기보다는 어쩐지 귀엽다
(우)마카오의 세인트 폴 대성당 또한 앞면만 남아있다

산투 안토니우 성당

앞서 리스본의 공식 수호성인인 상 비센테에 대한 이야기를 한 적이
있었지만 정작 리스본에서 상 비센테보다 더 인기 있는 성인은 '안토
니우'다. 안토니우는 기도 중에 아기 예수를 만났고, 함께 하룻밤을
보냈다는 이야기로 유명한 성인이기에 그를 묘사한 그림이나 조각
등엔 꼭 아기가 함께 있는 것이 특징이다. 상 비센테만큼이나 안토니
우의 모습도 리스본 시내에서 아주 흔히 볼 수 있는데 기념품 가게
등에서 아기를 안고(정확히는 들고) 있는 사제를 표현한 인형 따위를 본
적 있다면 그건 100% 안토니우다.

산투 안토니우 성당은 별 개성 없이 밋밋하게 생겼고 내부도 평범하지만, 지하에 안토니우를 위한 성소가 따로 마련되어있어 이 때문에 많은 사람들이 찾아온다. 이곳은 예전에 교황 요한 바오로 2세가 다녀간 곳이기도 해 이를 기념한 아줄레주도 남아있다.

놀랍게도 직접 마주한 성소는 명성과 인기에 비해 아주 협소한 공간이다. 때문에 이곳에서 기도를 드리려면 줄을 서야 한다. '마음이 중요하지, 꼭 여기에 무릎을 꿇고 기도를 해야 하나?' 싶은 생각이 아예 들지 않았다면 거짓말이지만, 실제로 성소에 들어서니 왠지 모를 경건함에 우리도 엉거주춤 그 앞에서 기도를 드리고야 말았다.

안토니우는 잃어버린 물건을 찾아주는 성인으로도 알려져 있어 소매치기를 당한 여행자들이 지푸라기를 잡는 심정으로 이 성당을 방문하기도 한다는데, 이날은 그리 절박해 보이는 사람은 눈에 띄지 않았다. 아주 큰 사고를 제외한다면 여행 중에 가장 걱정되는 일 중 하나가 소매치기에게 당하는 일이지만 우리가 걸었던 포르투갈엔 소매치기는커녕 돌아다니는 사람 자체가 적었다. 이렇게 한산한 거리에서 누군가 이유 없이 밀착해온다면 당연히 의심스러울 거다. 물론 소매치기는 어디에나 있지만, 다행히도 우리가 이번 포르투갈에서 만난 사람들은 모두 좋은 사람들이었다. 내 근처에 있는 모든 사람들을 잠재적 소매치기로 의심하는 것은 무척이나 피곤한 일인데 그럴 일이 없어 다행이었다. 이 또한 안토니우의 은총인 걸로 해도 되겠지.

조금은 낯선, 라퐁텐 우화

'우화'라고 하면 바로 떠오르는 '개미와 배짱이' 같은 것은 사실은 이솝 우화로, 엄밀히 따지자면 라퐁텐 우화와는 다른 것이다. 동물을 주인공으로 세워 나름의 교훈을 주는 점이 흡사해 둘은 곧잘 헷갈리지만 대체로 라퐁텐의 우화가 좀 더 짧고 덜 알려진 것들이 많다(당연한 얘기지만 모두 그런 것은 아니다). 아마도 라퐁텐의 우화 중 우리에게 가장 잘 알려진 것은 '시골쥐와 서울쥐'일 것이다.

상 비센테 지 포라 수도원엔 라퐁텐의 우화 중 38가지가 아줄레주로 표현되어있어 하나하나 들여다보면 시간 가는 줄 모를 정도이다. 이 중에서 아예 생소한 것은 제외하고 '아, 맞아. 그런 이야기가 있었지!' 할 수 있을 만한 몇 가지를 소개하고자 한다.

소금을 짊어진 당나귀와 솜을 짊어진 당나귀

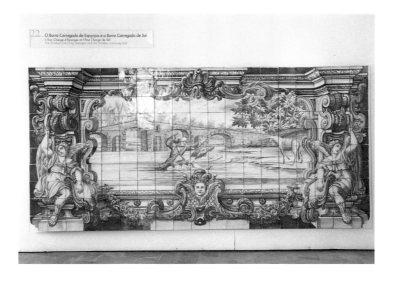

무거운 소금을 짊어진 당나귀와 가벼운 솜을 짊어진 당나귀가 함께
길을 가던 중 강을 만났다. 소금을 짊어진 당나귀가 지칠 대로 지쳐
실수로 물에 빠졌는데 소금이 모두 녹아버리는 통에 홀가분한 몸이
되어 물 밖으로 빠져나왔다. 이를 시샘해 솜을 짊어진 당나귀도 물에
뛰어들었으나 솜은 더 무거워졌을 뿐이었다.

황금알을 낳는 닭

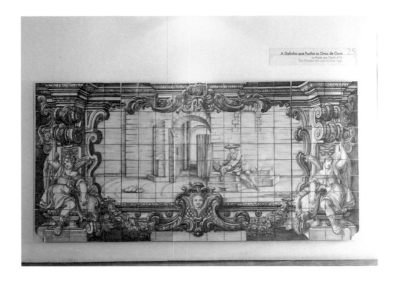

하루에 한 개씩 황금알을 낳는 암탉을 가진 젊은이는 암탉의 배 속에 황금알이 잔뜩 들어있을 거라 기대하며 일확천금을 위해 암탉의 배를 가른다. 그의 기대와는 달리 암탉의 배 속은 텅 비어있었다.

노인과 세 아들

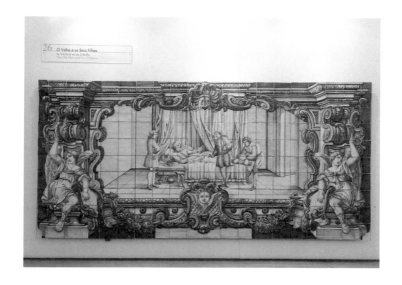

임종을 앞둔 노인이 마주치기만 해도 으르렁거리는 세 아들을 불러
모으고는 나뭇가지를 여러 개 구해오도록 했다. 세 아들에게 각각 나
뭇가지 하나씩을 꺾어보게 하자 모두 손쉽게 꺾어버렸다. 하지만 나
뭇가지를 여러 개 모아 묶음을 만든 뒤 꺾도록 했더니 아무도 꺾을
수가 없었다. 노인은 부디 형제들끼리 마음을 모아 함께 도우며 살기
를 바란다는 유언을 나뭇가지에 빗대 남긴 것이다.

비둘기와 개미

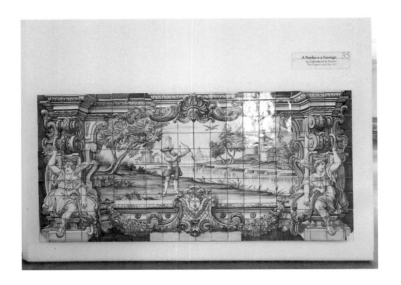

물에 떠내려가던 개미가 지나가던 비둘기에 도움을 요청하며 '이번에 자신의 목숨을 구해주면 다음에 비둘기가 위험할 때 자신이 도와주겠다'고 말한다. 비둘기는 개미를 측은히 여겨 구해주면서도 '너 같은 조그만 녀석이 나를 어떻게 돕겠다는 거냐'며 개미의 말을 대수롭지 않게 여긴다. 하지만 사냥꾼이 정확히 비둘기를 겨냥한 순간, 개미는 혼신의 힘을 다해 사냥꾼의 발목을 물어 정말로 비둘기의 목숨을 구한다.

개와 당나귀

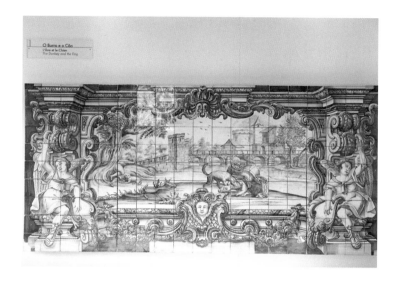

사냥꾼과 개와 당나귀가 함께 길을 가던 중, 사냥꾼이 개에게 빵을
주는 것을 깜빡하고 잠이 들어 버린다. 배고픈 개는 빵을 꺼내기 위
해 당나귀에게 도움을 청했으나, 당나귀는 풀을 뜯느라 개의 부탁을
모른 체 한다. 얼마 뒤, 굶주린 늑대들이 나타나고 이번엔 당나귀가
개에게 도움을 청하지만 개 역시 이를 모른 체 한다. 당나귀는 늑대
들에게 물어뜯기고 말았다.

리스본 성당 투어, 두 번째
리스본 Lisboa

앞에서도 한 번 언급한 적이 있지만 리스본을 거닐며 만날 수 있는 풍경들은 전부 리스본 대지진 이전의 것과 이후의 것으로 나눌 수 있다. 대지진을 버텨낸 것과 버티지 못한 것(즉. 그 이후 복구된 것)으로 설명할 수도 있다. 5분간의 지진은 당시 유럽에서 가장 부유한 도시 중 한 곳이었던 리스본을 완전히 파괴했고 이때 일어난 쓰나미는 핀란드에까지 영향을 미쳤다고 하니 아주 큰 지진도, 쓰나미도 경험해본 적 없는 나로서는 잘 상상이 가지 않는다.

지진 이후에는 빠른 시간 안에 많은 건물들을 재건축해야 했기에 당연히 장식적인 면보다 실용적인 면에 초점을 맞춰 복구되었을 것이다. 실제로 당시의 아줄레주들은 그 이전이나 이후 시대의 것들에 비해 정교함이 떨어지는 게 확연히 눈에 보인다. 이건 아줄레주만의 문제가 아니다. 그때 복구된 많은 길들은 그저 반듯하다. 그 길을 따라 양쪽으로 더 반듯한 건물들이 빼곡히 들어서면서 도시는 빠르게 재건됐다. 이 건물들은 한국의 아파트들만큼은 아니어도 꽤나 비슷비슷하게 생겼다. 특유의 개성을 유지하면서 복원된 곳은 알파마 정도로, 알파마의 뒷골목을 헤매다가 이런 길로 넘어오면 갑자기 다른 세계로 온 것 같은 느낌이 들 정도다. 이쪽이 확실히 깔끔하긴 하지만 딱 그만큼 걷는 재미도 없어진다.

리스본 대성당

그 와중에 리스본 대성당은 대지진에도 무너지지 않은, 견고함의 결정체와 같은 곳이다. 삐걱거리는 트램이 오르내리는 언덕 위로 등장한 두 개의 종탑은 생긴 것부터 무척이나 단단하게 생겼다. 자칫 딱딱하고 심심할 뻔한 성당의 외관은 중앙 출입구 위의 커다란 장미창 덕에 특유의 압도감을 뿜어내기도 했다.

성당 내부에는 종교적인 의미를 품은 보물들이 제법 많았다. 성물 안치소에 놓인 석관은 리스본의 수호성인인 상 비센테의 것이고 한쪽에는 성모 마리아의 어머니인 성 안나를 위한 성소도 마련되어있었다. 그런데 그 외 다른 보물들과 제단화 등은 유리 벽 뒤로만 감상할 수 있어 조금은 아쉬웠다. 아무리 투명한 유리라 해도 빛이 반사되는 통에 제대로 보기에 무리가 있었다.

성당 건물 자체는 무사하지만 성당 뒤쪽으로 이어지는 정원과 회랑 등은 지진 당시 파괴되었기에 보존 상태가 완벽하다고 말하기는 어려울 수도 있다. 게다가 훼손된 정원과 회랑을 수리하는 과정에서 더 예전의 집터가 발굴되어 지금은 복구보다도 발굴 작업에 힘쓰고 있다고 하니, 완전히 복원된 성당의 모습을 보려면 좀 더 시간이 필요할 것 같다.

지금의 리스본은 상처를 최대한으로 회복해낸 상이용사의 느낌이다. 본의 아니게 상처를 입었고 최선을 다해 그 상처를 잘 봉합했건만 어쩔 수 없이 흉터는 남은, 그런 이를 닮았다. 무척이나 강인하면서도 사연 있는 도시임이 분명하다.

지금보다 어릴 때는 사연 있는 것들에 매력을 느꼈다. 사연이 있으면 대개는 상처도 있다. 하지만 더 살아보니 알겠다. 일단 상처를 입었다면 최대한 잘 회복하는 게 최선이지만 더 최선은 애당초 상처를 입지 않는 것임을. 아무리 잘 아문다 해도 매끈하고 티 없는 것보다 더 아름다울 수 있을까. 아무 일도 없었던 때로는 절대 다시 돌아갈 수가 없는 것 아닐까.

그러니까 비겁하다고 손가락질을 받는다 한들 소나기는 일단 피하는 게 답인 듯싶다. 안타깝게도 소나기인지 장마인지를 구분하는 것이 쉬운 일은 아니지마는.

여행의 향기, 그리고 중요한 것
리스본 Lisboa

32

겨울 여행은 사진으로만 보면 마치 단벌 신사 같은 느낌이다. 외투를 여러 벌 챙기기는 현실적으로 어려운데 사진엔 거의 외투만 찍히니까 외투 안에 뭘 입든 사진으로는 잘 남지 않는다. 어쨌든 사진으로 남고 안 남고를 떠나서 이제 더 이상은 입었던 옷을 다시 돌려 입을 수 없는 상태가 되었다. 양말도 속옷도 부족하다. 그리고 보니 어느새 손톱도 불편할 정도로 자라있었다. 그만큼 시간이 많이 지났다는 것이겠지. 낯선 곳에서의 시간은 참으로 훌쩍, 빨리도 흐르는 것 같다. 그리하여 집이 아닌 낯선 곳에서 손톱을 깎고, 빨래방을 찾아 빨래를 돌리게 되었다.

동전 몇 개로 세탁과 건조가 되는 빨래방을 찾아 빨래를 넣어놓고는 모든 과정이 끝나길 기다리며 근처 식당에서 저녁을 먹었다. 별로 꾸민 것도 없는 작은 식당에 들어서니 포도주를 보관하는 오크통을 닮은 몸매의 할아버지들이 요리도 하고 서빙도 한다. 유쾌한 태도로 접시도 술잔도 쾅! 내려놓는다. 턱시도를 갖춰 입은 늘씬한 웨이터가 세련된 몸짓으로 가져다주는 음식도 좋지만 여긴 이런 방식이 참 잘 어울린다. 음식들도 모두 푸짐한 데다가 별 꾸밈없는 맛이어서 더 좋았다.

식사를 마친 후 깔끔히 해결된 빨래를 찾아들고 숙소로 돌아와 생각해보니 한국으로 돌아갈 날이 그리 많이 남지는 않았다. 마냥 신나고 들뜨는 마음으로 시작한 여행은 아니었지만 이제 와 돌아보니 조금은 행복해진 것 같다. 행복해지려고 애써 노력하지는 않았는데 새로운 것들을 보고 듣고 맛보는 과정에서 나도 모르게 조금씩 편안해진 모양이다. 이번 여행이 가져다준 행복, 여행의 향기는 얼마나 지속될 수 있을까.

일상에 메여있는 동안, 여행은 한갓 신기루일 뿐이었다. 어제까지 낯선 이들로 가득했던 리스본에서 손톱을 깎고 빨래를 돌렸던 내가, 오늘은 사무실에 앉아 내가 아는 그 사람에게 예전과 똑같은 욕을 먹고 있는 건 그 간극이 너무나 커서, '정말로 내가 리스본에 갔던 적이 있긴 했던가, 사실은 꿈을 꾼 게 아닌가' 싶을 정도였다. 업무에 복귀하고 반나절이면 내가 언제 행복했던 적이 있었나 싶게 다시 일상의 냄새에 찌들고 말았다. 하고 싶은 것도 없고 먹고 싶은 것도 없는, 궁금한 것도 하나 없는 그런 사람으로 되돌아가는 데 하루도 걸리지 않다니. 난 주어진 환경에 적응을 무척 잘하는 사람이었던 게 틀림없다. 그런 상황에서 여행의 향기를 오래 끌어안고 있다는 것은 상상도 할 수 없는 일이었다. 그리고 그건 내가 자리를 비운 동안, 내 일의 일부를 대신 처리해준 동료에 대한 매너이기도 했다. 너무너무 좋았다고 솔직히 말하는 것보다는 형식적으로라도 나의 여행은 그저 그랬으며, 그저 그런 여행을 하겠답시고 며칠씩이나 자리를 비워서 미안하다는, 그런 시늉을 하는 편이 서로의 관계에 더 도움이 되었다.

물론 행동은 그렇게 하더라도 마음속으론 여행의 향기를 꼭 붙들고 있는 일이 가능한 사람들이 있을지도 모르지만, 난 의지가 약한 사람이어서 그런지 아닌 척 행동하다 보면 정말로 아닌 게 되어버리곤 했다. 결국 여행을 마치고 일상으로 돌아왔을 때 나를 기다리고 있던 것은 여행의 추억이 아니라 미안함과 멋쩍음, 그리고 서둘러 회신해야 할 이메일들뿐이었다.

그러니까 그때는 안타깝게도 그저 타지에 머무르는 그 며칠이 좋아서, 그 며칠을 위해 여행을 한 셈이다. 그래도 이번 여행은 조금 다르니까, 아마도 포르투갈이라는 나라에 대해서는 꽤나 오랫동안 향수 비스무리한 감정을 품고 살게 될 것 같은 기분이다.

밤은 깊어가고 갓 빨아온 옷들에선 여전히 비누 향기가 난다. 나를 죽도록 괴롭혔던 사람들의 얼굴을 떠올려보았지만 이제 그들의 얼굴에서 세밀한 부분은 잘 그려지지 않는다. 그렇다고 해서 없던 일이 될 수는 없겠지. 분명 조금은 나아졌건만 아직도 마음 한편은 구깃거린다. 슬프지만 아마도 그 구겨진 흔적은 영원히 남을 것이다. 문득, 그보다 더 중요한 것은 따로 있다는 생각이 들었다.

이곳에는 당신들이 없다는 것, 그리고 지금 나는 분명 행복하다는 것.

맛있는 에그 타르트
리스본 Lisboa

33

여태껏 다른 곳을 많이 기웃거렸지만 '리스본' 하면 역시나 에그 타
르트다. 그중에서도 원조라 불리는 에그 타르트는 벨렘 지구에 위치

한 '파스테이스 드 벨렘(Pastéis de Belém)'의 것으로 이 가게가 1837년에 문을 열었다고 하니 참으로 오래되었다.

예전에는 수도사들의 옷깃에 풀을 먹일 때 달걀흰자를 사용했는데, 이때 버려지는 노른자를 활용하기 위해 에그 타르트가 탄생한 것이라고 한다. 그러니까 요 부드럽고 달콤한 녀석은 '수도원 출신 간식'인 셈이다. 지금도 여전히 수도원에서 나온 비밀 레시피를 바탕으로 만들어진다는데 이 레시피는 '비밀의 방'에 출입 가능한 딱 세 사람만 알고 있다고 한다. 이 세 사람에게 한꺼번에 사고가 생기면 당장에그 타르트의 품질을 장담할 수 없게 되기에 세 사람이 함께 여행을 간다거나 하는 일은 엄격히 금지되어있다고도 하니 그 맛을 지키려는 노력이 대단하다.

입구만 봐서는 무척이나 작아 보이는 가게인데 안으로 들어서면 정말 끝도 없이 공간이 확장되는 느낌이다. 내부가 엄청나게 넓다. 이만한 매장이 운영된다는 것은 엄청나게 많은 에그 타르트가 팔린다는 뜻일 테니 더욱 놀랍다. 유명세에 비해 별로 비싼 가격도 아닌 데다가, 이건 식사 대용이라거나 무한정 쌓아놓고 먹을 수 있는 음식은 아니어서 다들 커피 한잔에 곁들여 두어 개 먹고 일어설 텐데도 매장이 이렇게 크다니!

그 시절에야 버려지는 노른자를 처리하기 위해 에그 타르트를 만들기 시작했다지만 지금은 이렇게나 먹어대니 아마도 반대로 흰자가 왕창 남지 않을까 싶다. 보통 달걀흰자로는 머랭을 만들면 딱이지만,

이 집에서 머랭을 먹고 있는 사람은 보지 못했다. 그렇다면 그 흰자들은 모두 어디로 가는 걸까. 문득 궁금하다.

에그 타르트는 워낙 유명한 녀석이라 리스본 어디에서나 쉽게 볼 수 있다. 그런데 이 집의 에그 타르트는 정말 유독 맛있다. 다른 집은 만들어서 쌓아두니까 식어서 맛이 조금 덜한 거고, 이 집은 워낙 손님이 많은 통에 쉴 새 없이 만들어대니 갓 만든 것을 따끈따끈하게 바로 먹을 수 있어서 더 맛있게 느껴지는 거라는 평도 있는데 그게 주요한 이유는 아닌 것 같다. 따뜻하든 식든 관계없이 내 입에는 이 집 것이 독보적으로 맛있었다. 다른 집의 에그 타르트도 몇 번 먹어보았지만 약간 떫은 느낌이 나는 것도 있고, 텁텁하거나 심지어 비리기도 한데 이 집 것은 정말 흠 잡을 곳 없이 완벽했다. 좀 더 정확히 표현하자면 '태어나서 처음 경험하는 맛'이라거나 '눈이 번쩍 뜨이는 대단한 맛'이라는 뜻이 아니라 완벽하게 균형이 잡혀있어 거슬리는 점이 없는, 고로 편안하게 먹을 수 있는 그런 맛이라는 뜻이다. 요리를 해보면 안다. 튀는 맛 없이 전체적으로 조화로운 결과물을 내는 것이 얼마나 힘든 일인지. 그것은 진정한 고수만이 할 수 있는 일이다.

"그렇다고 그깟 빵 하나 사 먹으러 벨렘까지 가?"라고 반문할지도 모르겠다. 하지만 벨렘엔 에그 타르트뿐 아니라 대항해 시대에 위상을 뽐냈던, 가장 화려했던 시절의 포르투갈의 모습이 그대로 남아있어 의식적으로 피하지 않는다면야 대부분의 여행자들이 한 번쯤은 오게 되는 곳이다. 그리고 주위에 '다른 건 잘 모르겠지만 오로지 이 에그 타르트를 먹기 위해 다시 리스본에 가고 싶다'고 말하는 친구도 있었으니 이쯤 되면 말 다한 것 아닌가. 때로는 '맛있는 에그 타르트'처럼 아주 사소한 것에서 여행이 시작되는 것인지도 모른다. 물론 이건 여행에만 통하는 이야기는 아니다. 우리의 삶을 움직이는 것 또한 거대하고 요란한 무언가라기보단 아주 작은 틈새다. 그 틈새로 슬며시 빛이 들어오면서 우리의 삶은 비로소 변화한다.

34

제로니무스 수도원에서 마주친 낯익은 언어
리스본 Lisboa

포르투갈에서, 특히 리스본에서 대항해 시대의 흔적을 느끼지 못했다면 그건 조금 이상한 일일 거다. 리스본이라는 도시 전반에는 여전히 그 시절에 대한 그리움 같은 것이 짙게 남아있다. 지금의 리스본, 그리고 포르투갈은 유럽 가장 끄트머리에 붙은 그저 그런 작은 나라일 뿐이고 화려했던 과거는 모두 옛말이기에 이 동네 사람들은 그때 그 시절을 더 사무치게 그리워하는 것 같기도 하다. 왕년에 한 번쯤 잘 나간 적 없는 사람이 어디 있으며, '내가 예전에는 말이야'라는 말로 말문을 여는 것은 꼴불견들이나 하는 짓이것만 '어휴, 저 밉상은 아직도 과거에 머물러있네. 쯧쯧'하고 덮어놓고 비아냥거리자니 그것도 속이 편치만은 않다.

리스본엔 아직도 그 시절의 위용을 품은 채 남아있는 것들이 많고 그 대부분은 벨렘 지구에 있다. 마냥 촉촉한 구시가지와는 달리 벨렘은 좀 더 웅장하고 장엄한 분위기를 풍긴다. 그중에서도 벨렘의 상징인 제로니무스 수도원(Mosteiro dos Jerónimos)은 마누엘 양식의 걸작이자 대항해 시대 그 자체로 불린다. 그만큼 볼거리도 풍성하기에, 많은 관광객들이 몰리는 장소이기도 하다. 포르투갈에 머무르는 동안 가장 많은 관광객을 만난 곳도 이곳이었다. 수도원은 입구에서부터 코바늘로 뜨개질한 레이스 장식을 닮은 조각들을 주렁주렁 매달고 흐드러진 아름다움을 뽐낸다. 금을 발라놓은 것은 아니어도 이렇게 지으려면 무척이나 많은 돈이 필요했겠지. 아니나 다를까, 이 수도원을 짓는 데 필요한 돈은 바스코 다 가마가 인도로 가는 항로를 개척한 후, 인도에서 가져온 향신료 무역을 통해 충당했다고 한다.

수도원에서 가장 대단하다 싶은 공간은 회랑이다. 꼬인 밧줄과 혼천의 등 그 시절을 상징하는 문양들이 가득한 회랑은 마치 상아나 미색을 띠는 산호초로 정성껏 깎아 놓은 듯 보였다. 사실은 석회암일 뿐

이지만 무척이나 고급스러워서 한갓 돌로 이렇게 만들 수는 없을 것
만 같았다. '돌이 아니어야 할 것만 같아, 이런 게 돌일 수는 없어!' 싶
은 기분이 들었다.

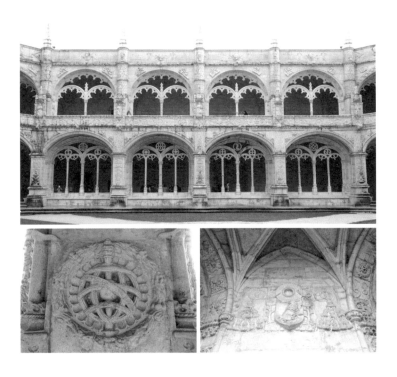

유럽 여행을 몇 번 하다 보면 '유럽'이라는 커다란 이름 아래 많은 것
들이 비슷해 보인다. 특히 건축물이 그렇다. 고딕 양식이니 로코코 양
식이니 하는 말도 어딜 가나 계속 들을 수 있어 '결국은 다 그게 그거

249

군' 싶기도 하다. 그렇지만 이런 장식, 마누엘 양식은 포르투갈이 아니면 거의 볼 수 없다.

▲ 회랑을 따라 선원과 순례자들이 고해성사를 했던 12개의 방들도 그대로 남아있다

회랑이 워낙 압도적이다 보니 회랑만큼은 아니지만, 성당도 꽤 멋졌다. 성당을 떠받치는 기둥들은 마치 제멋대로 쑥쑥 자라난 나무 같았다. 나무가 자라나 이리저리 가지를 뻗어 천장을 지지하고 있는 것 같은 모습. 혹은 버섯의 기둥과 머리의 연결 부분 같기도 했다.

성당은 성당 자체보다도 바스코 다 가마와 시인 카몽이스의 석관이 있는 곳으로 유명한데 이 두 석관 또한 무척이나 아름답게 조각되어 있다. 이전에 보았던 알코바사의 석관들과는 또 다른 매력. 알코바사의 석관들이 그 자체로 마냥 아름다웠다면 이쪽의 석관들은 어떤 석관이 누구 것인지를 확실히 알 수 있게 그 주인의 특징을 잘 나타낸다. 바스코 다 가마의 석관에는 십자가와 배, 혼천의가 새겨져 있고 카몽이스의 석관에는 음유시인다운 면모를 자랑하듯 월계관과 악기, 펜이 표현되어있다.

제로니무스 수도원의 회랑을 거닐며 한창 감상에 젖어있는데, 낯익은 언어가 들려왔다. 정말 오랜만에 들어보는 타인의 한국어였다. 두 아가씨가 내 쪽으로 걸어오고 있었다. 그리고는 날 흘겨보며 들으란 듯 말했다.

"한국인이야, 재수 나"

그들은 나의 존재 자체가 거슬렸던 걸까? 대체 무슨 무례한 행동이지? 싶기도 했지만 생각해보면 나 역시도 포르투갈이 좋았던 것은 한국인이 없었기 때문이기에 딱히 할 말은 없다. 포르투갈에서는 그 모든 종류의 한국말을 듣지 않아도 되었기에 무척 좋았다. 그렇게 생각해보면 아직 한국에 돌아가기엔 이른 것 같다. 하지만 다음번에는, 그런 말은 부디 내가 못 알아들을 다른 언어로 해주거나 최소한 내가 못 듣게 해주었으면 좋겠다. 내가 한국인인 걸 알면서도 그런 말을 한국어로 하다니, 대체 그들은 무슨 생각이었던 걸까. 지금도 잘 모르겠다.

그 시절의 영광, 해양 박물관
리스본 Lisboa

16세기 중반까지 포르투갈의 배는 유럽에서 가장 빠르고 컸다고 전해진다. 포르투갈은 대서양을 떠나 전 세계를 종횡무진 활약했으며 이를 기반으로 한 무역을 통해 막대한 이익을 얻었다. 그건 제로니무스 수도원의 규모와 화려함을 보면 대강 감이 온다. 하얀 대리석으로 장장 300m나 되는 수도원을 짓기가 어디 쉬울까. 하지만 포르투갈이 얼마나 대단했다는 건지를 좀 더 구체적으로 확인하고 싶다면 수도원보다는 바로 옆의 해양 박물관 방문이 더 효과적이다.

해양 박물관에는 대항해 시대의 배 모형과 조각품, 각종 지도, 난파선에서 나온 보물 등이 가득 전시되어있다. 그중에서도 배 모형들이 압도적으로 많은데, 끝도 없는 각종 배들의 행렬은 '덕후'가 아니고서는 다소 따분할 수도 있을 것 같다. 그러나 영국을 위해 만들었다는 아멜리아 호의 초호화 선실과 따로 마련해둔 공간에 모여 있는 각종 보트와 요트, 수상 비행기까지 둘러보고 나면 조그만 나라인 포르투갈이 다시 보이는 것도 사실이다. 때문에 이 공간은 그저 박물관이라기보다는 차라리 그 시절에 대한 하나의 향수에 가깝다. '지금은 아닐지

몰라도 그 시절에는 우리가 이랬었지, 정말이라니까! 여기 증거 있어!'하는 느낌이 강하게 든다.

하긴, 그 시절 포르투갈은 유럽의 중심을 지중해에서 대서양으로 옮겨온 대단한 나라였다. 본토보다 100배나 더 큰 식민지를 차지(식민지에서 저지른 악행들은 일단 논외로 하자)해 통치했고, 남미와 인도, 아시아를 누볐으니 그 시절을 어찌 쉽게 잊을 수 있겠는가. 식민지였던 곳들이 모두 독립하면서 다시 유럽 변방의 작은 나라로 쪼그라든 것도 그들 입장에선 억울할 법한데 심지어 이젠 '포르투갈어'가 '브라질어'로 불리는 상황이 되었으니 이럴 때 '양지가 음지되고 음지가 양지된다'는 말을 쓰는 건가 싶다. 그렇게 보면 삶이란 건 참으로 아이러니하다.

▲ 아멜리아 호의 초호화 선실

지구는 평평하기 때문에 계속 가다 보면 그 끝은 절벽에 닿아있으며 그 절벽 아래엔 바다 괴물이 입을 벌리고 있어 배를 삼켜버린다는 이 야기가 당연하던 시절. 본래 명확한 근거가 없을수록 그에서 비롯되는 두려움은 더 크다. 그건 반박할 근거 또한 없다는 뜻이니까. 포르투갈은 그런 원초적인 두려움을 극복하고 새로운 세계의 문을 연 진취적인 사람들의 나라였지만 지금은 EU와 IMF의 도움을 받아야만 하는, 정말로 '작은' 나라가 되어버렸다. 어떤 것이 진짜 포르투갈의 모습일까. 잠시 머물다 가는 이방인인 나로서는 알 방법이 없다.

근처에는 발견 기념비도 있다. 선두에 선 해양왕 엔리케를 시작으로 대항해 시대와 관련된 주요 인물들이 나란히 조각되어있고, 내부의 엘리베이터를 통해 전망대에도 오를 수 있다고 한다. 전망대에 오르면 석회암으로 장식한 '바람의 장미'를 한눈에 내려다볼 수 있을 것 같은데 공사 중…. 정말 비성수기에 찾아오는 사람에 대한 배려는 콩알만큼도 없이 흉물스러운 모습이다. 당연히 보수 공사라는 것은 필요한 것이지만 원래의 모습을 알아볼 수 없을 지경이라니. 아쉬운 마음에 멀쩡한 모습이 인쇄된 엽서를 한 장 구매하고서야 발걸음을 옮겼다. 돌아서며 다시 보니 공사 가림막에 그려진 조각들의 모습이 익살스럽다.

Pingo Doce, 포르투갈 마트 쇼핑

어딘가에 머무르다 보면 그 동네의 마트에 두어 번은 꼭 들르게 된다. 마트는 그 동네 사람들의 삶과 가장 가까이 맞닿아있는 곳이다. 이 사람들이 무얼 먹고 무얼 쓰는지, 어떻게 사는지를 대강 그려볼 수 있는 곳이자 알록달록하고 새로운 것들이 가득해 언제 가도 신이 난다. 게다가 가격도 한국과 비교해 저렴한 편이니 더욱 신이 날 수밖에.

포르투갈 하면 역시 대구이기 때문에 마트에서도 쉽게 대구를 만날

수 있다. 대신 우리에게 친숙한 생물이나 냉동 대구가 아니라 소금에 절여서 말린 대구가 많다.

이탈리아에서 마트에 갔을 땐 파스타 코너가 어마어마하더니 포르투갈에선 통조림과 소스류가 어마어마하다.

 인상적이었던 건 쌀의 종류가 무척이나 다양했다는 것. '포르투갈 음식'을 검색하면 가장 많이 보이는 것이 '해물밥'일 정도로 포르투갈은

쌀이 주식인 나라이다. 그러니까 어쩌면 당연한 일일 터. 우리와 다른 점은 쌀을 대개 소포장 형태로 팔고 있었다는 점이다. 그리고 이 동네에서 먹는 쌀은 우리가 한국에서 먹는 쌀과는 다른 품종인데 한편에선 스시용 쌀도 따로 팔고 있어 이게 아마 우리에게 익숙한 바로 그 쌀이 아닐까 싶었다.

내가 경험한 포르투갈은 과자 종류가 정말 적다. 종류로 치자면 크래커류, 초콜릿 쿠키와 감자 칩이 전부. 그중 다수는 크래커들이다. 이리 단조로운 물건들로 가득 찬 마트라니! 그나마 눈길이 가는 것들은

대부분 포르투갈 산이 아니라 외제다.

상황이 이렇다 보니 김치찌개 맛 감자 칩과 타코야키 맛 과자를 만들어내는 일본과 한국의 제과 업체들이 새삼 대단해 보인다.

포르투갈에도 여러 마트가 있지만 그중 우리가 애용한 곳은 'Pingo Doce'였다. 영어로 번역하면 Sweet drop이라는 뜻. 다시 생각해봐도 이름이 너무 예쁘다. 롯○마트 같은 이름보다는 백번 나은 듯하다. 대단한 명품이 아니라 사소한 생필품을 사더라도, 그 일이 우리의 지겹고 반복되는 일상에 한 방울의 달콤함이 될 수 있었으면 좋겠다.

☑ Pingo Doce는 PB상품이 정말 많아서, 웬만한 품목은 다 Pingo Doce 딱지가 붙은 걸로 저렴하게 구매가 가능하다.

☑ PB상품 중에서 요거트와 디저트류를 특히 맛있게 먹었다.

쉬어보면 알지, 내 몸이 얼마나 엉망인지
리스본 Lisboa

36

우중충한 날씨와 대적하며 무리를 해서인지 몸이 천근만근이다. 일상을 떠나있다고 항상 상쾌할 수는 없겠지만 그런 수준이 아니고 몸이 축 늘어지는 것 같다. 회사에 다닐 때도 피곤하다는 소리를 입에 달고 살았지만 그래도 혹사하는 것에 비해서는 크게 아프지 않았던 것 같은데, 도리어 쉬기 시작하면서부터 계속 골골이다. 그동안 미뤄놨던 각종 병들이 '이제 때가 됐군. 오래 기다리셨습니다!' 하며 번호표 순서대로 다녀가는 느낌. 아직도 나의 면역 체계는 월말의 은행창구만큼이나 바쁜 나날을 보내고 있다.

아마도 그때는 정말로 멀쩡했다기보다도 내내 긴장하고 사느라 아플 틈도 없었던 게 아닐까 싶다. 주말에 조금 쉬는 것으로는 딱히 회복이 되지 않았던 것 같고, 연휴라든가 며칠 연달아 쉬고 나면 도리어 컨디션이 더 안 좋곤 했다. 누군가는 그걸 '휴일이라고 너무 방탕하게 무리하면서 놀아서 그래'라던가 연휴(혹은 명절) 증후군이라 했지만 지금 생각해보니 긴장이 조금 풀리며 몸이 회복되려고 하는 찰나 다시 출근하는 바람에 그랬던 것 같다. 그리고 난 잘 노는 것보다 잘 쉬는 게 더 가치 있다고 생각하는 사람이어서 그렇게 병날 만큼 무리해서 놀아본 적이 없기도 하다.

호텔 직원들이 내 방을 청소해주고 이불도 깔끔하게 정리할 수 있게 하려면 내가 방을 비워줘야 한다. 방해금지 푯말을 걸어놓고 퍼지는 방법도 있지만, 그러긴 싫다. 어차피 일상으로 돌아가면 질리도록 스스로 청소해야 하는데 남이 청소해준다고 할 때 누려야지 싶은 마음에 무거운 몸을 일으켜 대강 준비하고 근처 카페에 자리를 잡았다.

리스본에는 오래된 카페들이 제법 많다. 오늘의 첫 번째 카페는 1829년에 문을 열었다는 콘페테리아 나시오날(Confeitaria Nacional). 크리스마스 케이크인 '볼루 헤이(Bolo Rei)'를 처음 만들어 유명해졌다지만 이제 그건 큰 의미가 없는 듯하다. 우선 볼루 헤이는 크리스마스 시즌에만 잠깐 볼 수 있는 녀석이라 만나기 쉽지 않다. 운 좋게 만났다 해

도 크기가 제법 큰 데다가 조각으로는 팔지 않아서 선뜻 시도하기도
어렵다. 그리고 지금은 꼭 이 집이 아니라 다른 빵집에서도 판다.

결국 볼루 헤이 그 자체보다는 이곳의 역사가 오래되었고 그동안 계
속 확장에 확장을 거듭해온 곳이라는 점에 더 의미가 있어 보인다.
워낙 유명하고 인기 있는 곳이라 빵들의 가격도 조금은 비싸고 직원
들은 무척이나 도도하다. 직접 먹어보니 짠 빵보다는 단 빵(포르투갈식
으로 표현하자면 '볼루')이 더 맛있는 집이었다. 역시 볼루 헤이를 개발한
곳답다.

커피를 한 잔 마셨건만 여전히 몸의 뻐근함이 해결이 안 되었다. 이럴
땐 특단의 조치가 필요하다. '카페 브라질레이라(Café A Brasileira)'로 가
는 것. 이곳은 1908년에 문을 연 이래 예술가와 문인들의 사랑을 담
뿍 받은 곳이자 특히 《불안의 서》를 지은 페르난도 페소아(Fernando
Pessoa)가 사랑해 자주 들렀던 곳이라고 알려져 있다. 그렇지만 사실 그
가 더 자주 방문했던 곳은 코르메시우 광장에 있는 다른 카페다. 그런
데 이쪽에서 청동상까지 만들어 공격적으로 마케팅하는 바람에 선수

를 뺏긴 거다. 넓게 보자면 여기도 자주 온 곳 중 하나라고 하니 완전히 거짓말은 아니기도 하다. 사랑하는 대상이 꼭 유일할 필요는 없으니. 카페 브라질레이라는 리스본에서 처음으로 브라질 원두로 내린 커피를 판매한 곳이라고 한다. 브라질이 포르투갈의 식민지였고 그간 심하게 시달렸던 걸 생각하면 이 카페가 여전히 이런 간판을 달고 있는 게 좀 부당해 보이기도 하지만 카페는 이날도 사람들로 북적였다. 1유로면 궁둥이를 붙이고 '비카(Bica, 포르투갈식 에스프레소)'를 한 잔 마실 수 있는데 이 집 비카는 무척이나 쓰고 진하다. 원두가 달라서인지 이 집만의 비법이 있는지는 모르겠지만 색도 좀 더 까만 것 같다. 그렇게 드디어 내 몸이 잠에서 깨어났다.

쉬어보니 알겠다. 그동안 내 몸이 얼마나 엉망이었는지.

바다로 가는 톨게이트, 벨렘 탑
리스본 Lisboa

이미 한 차례, 코르메시우 광장에서 어디까지가 강이고 어디부터를 바다로 치는지 의문을 가졌었는데 이 동네에선 '벨렘'부터를 바다로 친다고 했다. 벨렘이란 동네는 연속적으로 물이 흐르는 곳을 일부러 불연속성을 띄도록 딱 끊어놓은 곳이다. 그러니까 제로니무스 수도원 못지않게 알아주는 벨렘의 랜드마크인 '벨렘 탑'은 강의 끝, 그리고 바다의 초입에 우뚝 선 일종의 톨게이트인 셈이다.

벨렘 탑은 전쟁이 잦던 시절에는 요새와 망루, 그리고 정치범 수용소로 쓰였다가 전쟁이 끝난 후엔 세관으로 쓰이고, 얼마 뒤엔 우체국으로도 쓰이고 더 이후엔 등대로 쓰이는 등 온갖 변신을 겪고 나서야 뒤늦게 세계 문화유산으로 등록되었다고 한다. 벨렘 탑이 세계 문화유산으로 지정된 것은 대항해 시대에 미지의 대륙으로 향했던 이들의 여정이 이곳에서부터 시작되었다는 커다란 의미 때문인 것 같다. 그 우아하고 아름다운 그 겉모습도 한몫을 거들긴 했겠지만.

우리가 탑을 찾은 날엔 날씨가 무척이나 궂어서 바람도 많이 불고 물살도 거세었다. 탑으로 입장하기 위해선 나무로 된 다리를 건너야 하는데 다리 위까지 물이 넘실거려 신발과 바지의 밑단이 모두 젖어버렸다. 하얀빛을 내는 귀부인이 허리춤 정도부터 드레스 자락을 펼치고 있는 모습을 닮았다 하여 벨렘 탑은 종종 '테주 강의 귀부인'으로 불리기도 한다는데 이날 우리가 마주한 탑은 그저 음산하고 축축할 뿐이었다.

탑에 입장하고 바로 눈에 보이는 것은 포대와 대포들인데 생각보다 작아서 마치 모형 같았다. 한 층 아래는 벨렘 탑의 어두운 면을 보여주는 지하 감옥인데 정확히 하자면 '지하(地下)'보단 '수하(水下)'라고 해야 더 맞을 것 같다. 이 감옥은 밀물 때가 되면 물이 들어차는 구조여서 수감자들은 감방 안에서 최대한 높은 곳에 매달려 스스로 목숨을 부지해야 했다고 한다. 끔찍한 죄를 지었으면 끔찍한 벌을 받는

것이 당연하지만, 정작 이곳이 감옥으로 쓰였던 시절엔 정치범이나 전쟁 포로, 스페인으로부터 독립하고자 애썼던 혁명가 등이 수감자 중 다수였다고 하니 씁쓸한 일이다.

잔인한 지하 감옥과는 달리 탑의 윗부분으로 올라갈수록 재미난 구경거리들이 많아진다. 그중 가장 이색적인 부분은 바로 요 코뿔소 조각이다. 세월의 풍파를 겪으며 많이 닳아서 둥글둥글해졌지만 아직은 코뿔소란 걸 알아볼 수 있을 정도의 형태를 갖추고 있다.

그 시절 리스본의 코뿔소는 인도에서 온 선물이었다고 한다. 리스본에서 지내던 코뿔소는 교황에게 선물로 보내질 예정이었다. 그런데 교황에게 가던 중 배가 침몰해 코뿔소가 죽고 말았다고 한다. 코뿔소는 본디 수영을 잘하는 동물인데, 너무 꽁꽁 묶어놓아서 죽은 것이니

참 억울하고 어이없이 죽었다. 훗날 벨렘 탑에 영원히 자신의 모습을 남기긴 했지만 그게 다 무슨 소용인가.

고깔모자를 닮은 화려한 장식의 포탑들과 회랑을 구경하고 발코니에 올라보니 강바람이라고 해야 할지, 바닷바람이라 해야 할지 알 수 없는 세찬 바람이 마구 불어온다. 회랑의 정면엔 성모상이 큼지막하게 놓여있어 왠지 모를 뭉클함이 느껴진다. 고된 여정을 마치고 리스본으로 귀환하던 선원들은 멀리서 이 탑과 이 탑의 성모상을 보고 얼마나 안도했을까. 객지에서 겪었을 고난과 집으로 돌아왔다는 기쁨, 당장 달려가 만나고 싶은 사람들에 대한 그리움. '모든 것이 끝났구나' 하며 마침표를 찍는 순간, 그 모든 벅찬 감정들을 안아주었을 성모상의 모습은 오늘도 여전히 안온하다.

미니멀 라이프? 취미는 수집!
리스본 Lisboa

이런 고백을 하면 나의 나이가 들통 날 것 같아 두렵지만 그래도 고백하자면 난 어릴 때 우표를 열심히 모았었다. 그 시절의 나에게 우표 수집이란 그냥 보통의 취미가 아니었는데 그건 엄마도 아빠도, 할아버지도 모두 우표를 모으셨었기 때문이다. 아주 오래된 우표책들을 그대로 물려받았기에 '우표는 모으는 것'이라는 생각이 당연했다. 우표책에 차곡차곡 모인 우표들은 그때 그 시절을 고스란히 담고 있었는데 더 이상 우표가 잘 쓰이지 않게 되며 우표를 구하기가 어렵게 되자 나의 취미도 어느덧 시들해져 버렸다.

세월을 겪으며 취향이 바뀌기도 하고, 그럴 만한 여유가 없어지기도 하고, 세상이 변하기도 하기에 무언가를 꾸준히 모은다는 것은 생각보다 쉽지 않은 일이다. 하지만 이런 모든 어려움을 극복한 굴지의 수집가가 세운 미술관이 리스본에 하나 있다. 아르메니아 출신의 갑부 사업가인 굴벤키안(Gulbenkian)이 세운 굴벤키안 미술관(Museu Calouste Gulbenkian)이 바로 그 주인공인데 이곳은 그가 평생에 걸쳐 모아온 것들을 전시해둔 곳이다.

그의 수집품들은 유럽 회화와 조각, 중세의 성서 필사본, 중국과 일본의 도자기와 공예품, 은식기, 페르시아 카펫 등 그 범위가 무척이나 방대하다. 이집트의 황금 마스크와 메소포타미아 시절의 조각, 어디선가 멋지다고 감탄하며 뽑아왔을 굴뚝까지 있어 꼼꼼히 둘러보다 보면 정말 한도 끝도 없다. 그 범위가 방대한 것도 대단하지만 물건들은 하나같이 다들 우아하고 예뻐서 '나 같아도 돈만 있으면 사들이겠다' 싶고 이것들을 사 모으면서 얼마나 행복했을지 그 기분도 알 것만 같았다.

굴벵키안은 포르투갈을 무척이나 사랑해 고국인 아르메니아가 아니라 아예 이쪽에 미술관을 짓고 그의 수집품들을 모두 남겼다. 미술관은 미술관뿐 아니라 정원과 연못, 레스토랑과 카페, 야외무대, 도서관 등이 모두 갖춰져 있어 하나의 복합 단지 느낌이다. 구시가지에서 제법 떨어진 곳이지만 멀리 여기까지 온 것이 아깝지 않을 정도다. 갈 길 바쁜 관광객들보다는 가볍게 마실 나온 현지인들이 더 많아 무척이나 한가로운 분위기인 점도 좋았다. 리스본에서 하루 이틀 머무르는 일정이라면 여기까지 둘러보기는 어렵겠지만, 좀 더 시간 여유가 있는 분에겐 꼭 추천하고 싶다.

굴벵키안 미술관에서 가장 인상적이었던 건 아름다운 보석을 활용해 만들어낸 장신구들이었다. 제각각 감탄을 자아낼 정도로 독특하고 섬세하게 꾸며져 있어 인간의 상상력과 그걸 실제로 구현해내는 재주는 과연 어디까지인가 하며 또 한 번 놀라고 말았다.

물건이 많다는 건 단순히 돈이 많다는 것보다도 그 물건을 구입하기까지의 재미난 사연이 많다는 뜻이기도 하다. 아무리 갑부라 해도 '뭐가 더 예쁜가' 하며 하나하나 고심해서 골랐을 테고 이런 물건들은 가격이라는 것도 미리 정해져 있는 것이 아니니 나름의 흥정이나 협상도 필요했을 테고 우연한 계기로 얻게 된 물건도 있을 테니 물건 자체가 하나의 이야기인 셈이다. 요즘은 미니멀 라이프가 대세지만, 이런 이야기들에 경이로움을 느끼는 나에겐 전적으로 맞지 않는 듯싶다. 세상에 이리도 예쁘고 재미난 물건이 많은데! 미니멀 라이프 같은 건 필요 없다.

굴벵키안 미술관 관람은 '나는 이토록 커다란 공간을 가득 메울 만큼의 이야기를 가지고 있는가'에 대해 돌아볼 수 있는 시간이기도 했는데 아직 나의 공간은 많이 비어있구나 싶어 문득 허전함이 몰려왔다. 마음이 허할 때는 위장이라도 가득 채워주어야 약간의 위안이 되는 법. 얼른 식사를 하러 가야겠다.

그들의 노래, 파두
리스본 Lisboa

포르투갈에서 가장 어려웠던 점 중 하나는 저녁 식사를 너무 늦게 한다는 점이었다. 앞에도 한 번 언급한 적이 있는데 이 동네에선 저녁을 대개 9시쯤 먹기 시작하니까 식사 후 한 잔이라도 더 하면 밤 11시, 12시는 예사다. 그쯤 되면 난 테이블에 앉아는 있으나 거의 자고 있는 상태가 되니 남들 눈엔 '저런! 과음해서 뻗었나 봐'로 보이는 수준이다. 술에 취했든 잠에 취했든 그런 몽롱하고 멍청한 상태로 낯선 밤거리를 걷는 것은 위험한 일이고 특히 내가 이방인 신분일 때는 더더욱 그렇다. 때문에 이런 상황을 만들지 않으려 노력하는 편이지만 쉬이 내 마음대로 되지 않을 때도 있다.

그 말은 보통은 졸리면 자면 되지만, 잠을 참아야만 하는 순간도 때로는 있다는 뜻이다. 포르투갈의 대표 음악인 '파두(Fado)' 공연 관람이 그랬다. 공연은 대개 식당이나 바에서 볼 수 있는데 공연을 아예 11시부터 시작하는 곳도 있고, 시작 자체는 좀 더 일찍 하긴 하지만 진짜 메인급 가수는 10시 반 이후에 등장한다든가 하는 식이어서 결국 가장 달콤한 알맹이를 맛보려면 심야까지 버텨야만 한다. 그런데도 가게 안은 손님들로 가득 차 있고, 다들 공연에 초집중을 하는 걸 보면 정말 대단하다. 피곤해하는 사람은 부끄럽게도 나와 유모차 안의 아기들뿐이었다.

파두는 1800년대에 시작된 것으로 추정되지만, 1950년대쯤에야 포르투갈의 대표 음악으로 자리를 잡았으니 어찌 보면 역사가 오래된 것은 아니다. 파두는 포르투갈의 기존 음악에 브라질과 아프리카의 음악적 요소가 더해진 것이 특징이며, 시시껄렁한 바닥의 문화였다가 점차 그 가치를 인정받았다는 점이 이웃 나라 스페인의 플라멩코와도 조금은 비슷하다. 대신 플라멩코와는 달리 파두엔 춤이 없다.

포르투갈 사람들의 정서를 설명하는 단어 중에 '사우다드(Saudade)'라는 단어가 있다. 이 단어는 다른 언어로 번역하기가 가장 어려운 단

어 중 하나로 손꼽힐 만큼 포르투갈 사람들만이 이해하는 정서라고 한다. 군이 한국말로 바꾸자면 '그리움'이나 '한' 정도가 될 수 있지만 '그리움'보다는 좀 더 복합적인 단어이고 '한'보다는 덜 구구절절한 느낌이다. 전 세계적으로 흔히 사용하는 단어인 '향수(노스텔지어)'와도 다르다고 하니 이방인인 나로서는 정확히 알 수가 없다. 아무튼 사우다드는 가족을 두고 먼바다로 나서며 느꼈던 '무사히 다시 집으로 돌아올 수 있을지'에 대한 두려움, 또 그렇게 떠나는 이를 바라볼 수밖에 없는 남겨진 이들의 마음, 낯선 곳에서 사무치게 느껴지는 고향에 대한 갈망 같은 것들의 복합적인 정서라고 한다. 어찌 보면 떠난다는 것은 곧 '사우다드'인 셈이며, 고향을 떠나고 또 떠난 이들을 기다리며 살아온 포르투갈 사람들만이 완벽하게 공감할 수 있는 감정일 것이다. 파두에서 노래하는 것이 대개 이 '사우다드'다.

우린 사우다드가 뭔지도 정확히는 알 수 없고 가끔 아는 단어가 귀에 날아와 박히는 것을 빼고는 가사도 전혀 이해할 수 없지만, 파두는 노래뿐 아니라 특유의 기타 선율도 무척이나 심금을 울리기 때문에 그런 것들을 모른다 해도 그럭저럭 들을 만했다. 노래는 허심탄회하게 뱉어내듯, 이야기하듯 담담하게 부르는데, 이날은 파두를 잘 모르는 이방인들을 위해 중간중간 밝은 분위기의 대중적인 노래도 섞어 불렀다. 그렇지만 역시 파두는 기본적으로는 다 애절한 색깔을 띤다. 그리고 그 애절함은 눈물을 펑펑 쏟게 만든다기보다는 마음속 깊은 곳에 꾹꾹 눌러 두었던 한숨을 토해내게 만드는 쪽에 가깝다.

역시, 이만큼이나 글을 썼지만 음악을 글로 설명하는 것은 바보짓이라는 결론이다. 아직까지 냄새나 맛은 간접적인 방식으로는 절대 전달할 수가 없지만 다행히도 음악은 전달 가능하니까, 관심이 생기는 분들은 한번 온라인에서 찾아 들어보시길. 물론 코앞에서 실제로 듣는 것과는 큰 차이가 있지만 어떤 음악인지 조금이나마 감은 잡아볼 수 있을 것이다.

중간에 가수와 연주자들이 잠시 공연을 멈추고 샌드위치와 맥주로 요기를 하길래, 얼른 식당을 빠져나왔다. 식당 주인이 "넌 더 있어야 해(You must stay)"라며 만류했지만 어쩌겠는가, 잠이 쏟아지는걸. 다음 날 출근을 위해 일찍 자던 버릇은 지구 반대편에서도 여전히 내 몸을 지배하고 있구나. 대단한 성과를 내건 못 내건, 난 성실한 직장인으로 나름 잘 살아왔던 건지도 모르겠다.

한낮의 크리스마스 마켓
리스본 Lisboa

40

이때는 늦가을이라고 하기에도 시간이 훌쩍 지난 시기였다. 이미 초
겨울에 접어들면서 전 세계가 크리스마스 준비로 조금씩 달아오르고
있었다. 겨울의 유럽, 유럽의 크리스마스라고 하면 가장 먼저 떠오르
는 것은 크리스마스 마켓이다. 크리스마스 마켓은 그 기간에만 만날
수 있어 더욱 소중하고, 차디찬 겨울을 잠시나마 따뜻하다고 느낄 정
도로 사랑과 낭만이 넘친다는 말들을 익히 들어왔기에 기대가 컸다.
하지만 리스본은 눈이 오는 곳도 아니고 그리 춥지도 않은 동네다.
깜깜한 밤, 노란 전구들이 가판대들을 은은하게 밝히면 그 위로 흰
눈이 소복이 내리는 그런 풍경은 애당초 만들어질 수가 없는 곳이다.
그래서일까, 리스본에도 크리스마스 마켓이 있긴 있지만 그다지 활
성화되지는 않은 것 같다.
리스본의 2016년 크리스마스 마켓은 독특하게도 한낮의 투우 경기장
에서 열렸다. 투우를 본 적도, 투우 경기장을 본 적도 없었기에 마냥
새로웠는데 우리나라의 상황에 맞춰 생각해보면 원형 경기장에서 콘
서트나 각종 행사를 하는 것과 비슷한 느낌인 것 같다.

이날의 마켓은 크리스마스 마켓이라기보다는 소소한 동네 장터에 가까웠다. 몇몇 가게가 크리스마스 분위기를 내는 물건들을 일부 취급하는 게 전부였는데 그나마도 거의 먹을거리였다. 그래도 독특한 수공예품이나 재미난 물건들이 나름 있어서 구경하는 사람들은 제법 많았다. 다시 말해 '크리스마스 마켓이라고 하기에는 좀 부족하다' 뿐이지, 마켓 자체는 꽤 재미나긴 했다.

진짜 크리스마스 분위기를 물씬 느낄 수 있던 곳은 우연히 발견한 시내의 한 소품 가게였다. 부담 없는 가격으로 마음 편히 장만할 수 있는 크리스마스 소품들이 조그만 가게 안에 가득해 한참을 구경했다. 가게를 통째로 들어다가 집 앞에 옮겨놓고 싶을 정도로 하나하나가

모두 귀엽고 예뻐서 어찌할 바를 모르다가 간신히 스노우볼 몇 개를 골라 들고 계산을 했다.

크리스마스는 내가 어디에 있든 매년 돌아올 테지만 '언젠가 한 번의 크리스마스는 리스본에서 보냈었지'하고 생각할 수 있도록, 조그만 스노우볼들이 오래도록 도와줄 것이다.

포르투갈 쇼핑 List

포르투갈에 살 게 없는 것 같으면서도 은근히 또 탐나는 자잘한 물건들이 많아서 매번 지갑을 꼭 붙들어야 했다. 대단한 명품은 없을지 모르지만 귀엽고 아기자기한 물건을 좋아하는 사람들에게는 쇼핑 천국이 될 것으로 예상한다.

수탉 관련

포르투갈의 상징은 역시 수탉. 별거 아니어도 빼놓을 순 없다. 자세히
보면 모두 몸의 무늬가 다르다.

통조림 제품

앞서 소개했듯 포르투갈은 통조림의 천국! 가장 많은 건 정어리 통조림이지만 그 외 해산물에 대한 것도 많다.

엽서

포르투의 산타 클라라 성당 내부의 탈랴 도라다 장식이 무척 근사했는데, 내부가 어둡기도 하고 촬영도 금지여서 엽서로 구매했다. 호카곶에서 바라본 대서양의 풍경을 담은 엽서와 서쪽 땅끝 방문 인증서또한 훌륭한 기념품이 된다.

책

포르투갈의 거리에선 3가지를 눈여겨봐야 한다. 바닥의 돌 장식과 아줄레주, 그리고 그라피티! 특히 그라피티 같은 경우는 건물에 덧칠을 하면서 사라지는 경우도 많기에 이런 사진집은 더더욱 소장가치가 있다. 아쉽게도 바닥 돌 장식에 대한 사진집은 찾아내질 못했다. 포르투갈 요리책은 쌀을 기본으로 하는 요리가 많아 현실적이다. 리스본을 소재로 한 드로잉북도 한 권 구입했다.

잡화

직접 색색깔로 수를 놓은 손수건은 미뉴 지방에서 가장 유명한데 브라가에서 한 장 구입했다. 본래는 연인들이 본인의 마음을 고백할 때 쓴, 일종의 연애편지 같은 물건이라고 한다. 이 자수 무늬를 그려 넣은 제품들도 많이 보인다. 리스본 시내에서 산 양가죽 장갑과 유리병

속의 배도 있다.

비누

포르투갈의 비누 중에선 'Castelbel'과 'Claus Porto'가 가장 유명한데 'Claus Porto'는 가격이 좀 나가는 편이다(리스본 면세점에도 입점해있다).

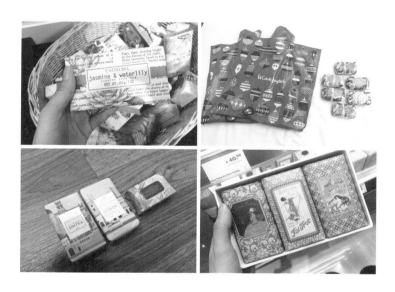

세라믹 제품

아줄레주 장식을 포함해 각종 세라믹 제품을 만드는 손재주들이 좋아서 예쁜 장식품들이 많다. 마음 같아선 집에 잔뜩 놓고 싶지만 무겹기도 하고 깨질 것도 걱정되어 많이 살 순 없었다.

고심 끝에 간신히 고른 타일 장식을 모티브로 한 치즈 플레이트와 정
어리 무늬로 꾸민 냄비 받침. 그리고 리스본과 포르투의 풍경을 그려
넣은 VA(Vista Alegre) 찻잔 세트. 리스본 세트의 컵 받침엔 돌바닥이 그
대로 그려져 있다.

크리스마스 관련 물품

한국에서 이런 물건들을 사려면 돈을 꽤 줘야 한다. 시즌이 시즌인지라 탐나는 물건들이 많았지만 간신히 억눌렀다. 스노우볼은 4~5유로 수준이다.

코르크 관련 제품

포르투갈은 세계 1위의 코르크 생산국으로 코르크 관련 상품이 많고 코르크로 이런 걸 만들 수 있어? 싶을 정도로 종류가 다양하다. 코르

크 가방, 신발 등등…. 특히 코르크로 만든 엽서는 포르투갈이 아닌
곳에선 구경도 하기 어렵다.

먹거리

오비두스의 특산품인 진쟈와 초콜릿 잔, 아베이루의 대표 과자인 오부
스 몰레스, 잼 종류도 몇 개 샀다. 특히 무화과 잼과 호박 잼이 맛있다.

들렀던 지역들을 상징하는 마그넷

(순서대로) 포르투 / 오비두스 / 레이리아 / 아베이루 / 오비두스 / 아베이루 / 파티마 / 알코바사 / 피냥 / 도오루 밸리 / 투마르 / 카스카이스 / 신트라 / 켈루스 / 리스본 / 포르투 / 브라가 / 바탈랴 / 리스본 / 브라가

☑ 포르투갈에서 뭔가를 산다고 하면 젤 유명한 건 아마도 '큐티폴'일 테지만 가격이 딱히 싼 것도 아니고, 면세도 안 되어서 깔끔히 접었다. 항간엔 국내 온라인 몰에서 할인 쿠폰 등을 활용해 구매하는 편이 더 저렴하다는 말도 있다.
☑ 미니 진쟈를 빼고 술은 모두 뱃속에 넣어오느라 따로 사 들고 오진 않았다.

리스본의 새것, 새로운 이야기
리스본 Lisboa

41

유럽, 포르투갈, 그리고 리스본을 방문하는 이들은 대개 오래된 것들을 보고자 한다. 사실 리스본엔 대지진 이후에 새로 지어진 것들이 더 많지만, 그것들조차도 다들 오래된 편이어서 유럽 특유의 고풍스러운 거리 풍경을 감상하는 데는 전혀 문제가 없다.

당연히 여기도 사람 사는 동네이니 새로운 것들은 계속 생겨난다. 그리고 그 새로운 것들은 대개 '무국적'의 특성을 띤다. 일부러 작정하고 국적을 지웠다기보다도 이제는 그 나라만의 독특한 특성이라는 게 생각보다 별로 없다. 그래서 '세련되고 멋지긴 한데 리스본까지 와서 꼭 이런 델 가야 하나? 서울에도 이런 데 있을 듯?'이라고 되물어 왔을 때, 그 불만을 타파해줄 만한 대답은 애당초 있을 수가 없다. 잠시 리스본을 찍고 가는 이들은 더더욱 일정에 쫓기기 때문에 리스본에서만 만날 수 있는 것들을 찾아다니느라 바쁘기 마련이고 서울에도 있을 듯한 것들을 만날 시간은 없을 것이다. 그렇다고 해서 기껏 리스본까지 와놓고서 이곳의 새로운 것들, 이곳의 현재를 마주하지 않은 채, 과거의 것들만 골라 주무르고 간다는 것도 좀 이상한 일이다.

그런 생각을 갖고 있어서였을까, 우리에게 'LX Factory' 방문은 신의 한 수였다. 아주 오래된 것들로만 채워진 것처럼 보였던 리스본에도 새로운 것들은 생겨나며, 새로운 이야기 또한 끊임없이 이어지고 있다는 걸 눈으로 직접 확인할 수 있었기 때문이다. 그제야 이 도시의 과거와 현재가 자연스레 이어지며 살아 숨 쉬는 것처럼 느껴졌다.

LX Factory는 1864년에 지어진 섬유 공장 건물들을 특별한 공간으로 탈바꿈한 곳이다. 이곳은 일종의 상가 단지로, 제각각의 개성 있는 가게들이 모여있다. 제법 큰 서점과 가구 브랜드의 쇼룸, 분위기 있는 레스토랑과 바, 앤틱숍, 세련된 이발소와 옷 가게에 모델 양성소, 독특한 아이디어 상품들이 몰려있는 소품 가게, 포르투갈스러운 물건

들을 취급하는 잡화점, 코르크로 만든 상품들만 전문적으로 판매하는 공방 등이 줄줄이 이어진다. 이렇듯 곧잘 어울리는 듯도 하고 아닌 듯도 한 가게들이 한데 모여 꽤나 독특한 분위기를 자아낸다. 가게들은 물론이고 외부의 그라피티들도 볼 만한 것이 많아 안팎으로 구경하다 보면 어느새 시간이 훌쩍 흐른다.

여러 가게들을 둘러보고 루프톱 바에 앉아 한숨을 돌리며 커피를 마시다 보니 어느새 밤이 깊었다. 한껏 들뜬 젊은 친구들이 우리와 같은 것을 마시면서 동시에 우리가 알지 못하는 언어로 왁자지껄 떠들어대고 있다. 같은 곳에 앉아 같은 커피를 마시고 있어도 그들의 세계를 엿들을 수가 없다니. 아마 그건 단순히 언어만의 문제는 아닐 것이다. 이럴 땐 내가 이방인이라는 것이 새삼 실감난다.

그들의 세계에 끼어드는 것은 포기하고 눈앞의 풍경을 즐기기로 했다. 이 바를 대표하는 벌거벗은 여인상은 강 건너의 크리스투 헤이와 정확히 마주 보는 위치에 놓여 있다고 한다. 예수상과 똑같은 포즈를 한 채 마주 보고 있는 형상이 하필이면 여인, 그것도 벌거벗은 여인이라니. 이런 발상을 해낸 그 누군가는 꽤나 엉큼하면서도 재치 있는 사람이었으리라.

LX Factory에 여러 재미난 가게들이 많지만 그래도 이곳을 대표하는 공간은 바로 'Ler Devagar'라는 이름('천천히 읽기'라는 뜻)의 서점이다. 포르투의 렐루 서점이 고풍스럽고 감성적인 장소였다면, 리스본의 Ler Devagar는 무척이나 현대적이고 세련된 장소로 그 느낌이 완전

히 달랐다. 이곳은 전혀 어울리지 않을 것 같은 '공장'과 '서점'이 얼마나 매력적인 한 쌍으로 결합할 수 있는지를 보여주는 독특한 공간이었기에 오래도록 기억에 남았다.

서점은 공장의 예전 인테리어를 거의 그대로 활용하고 있었다. 바닥도 계단도 철판으로 되어있어 걸을 때마다 서점답지 않게 제법 시끄러운 소리가 났고, 포르투갈의 인기 주간지 〈Expresso〉를 인쇄할 때 쓰였다던 윤전기도 여전히 그대로 놓여있다. 하지만 천장 끝까지 닿은 거대한 서가에 책들이 빽빽한 걸 보면 이곳은 분명 서점이다.
서점 한쪽은 간단한 다과와 음료를 즐길 수 있게 카페 형태로 운영되고 있어, 삼삼오오 모여 커피를 마시며 책을 들여다보는 이들로 붐비

고 있었다. 누군가는 책에 뭔가 흘리거나 묻히지 않을까 싶어 약간의 노파심이 발동하기도 했는데 제지하는 직원도 없고, 다들 개의치 않는 자유분방한 분위기였다. 심지어 이 공간에서는 흡연도 가능한 듯했다.

서점을 둘러보다 포르투갈의 아줄레주와 그라피티를 주제로 한 사진집과 포르투갈 음식을 따라 만들 수 있게끔 자세히 설명해둔 요리책을 구매했다. 이토록 책이 많은 공간인데도 직원들은 무슨 책이 어디에 있는지를 대강 알고 있는 수준을 넘어서, 요리책 중 영어로 된 것은 이것뿐이며 나머지는 다 포르투갈어로 되어있어 알아보기 힘들거라는 설명을 덧붙여줄 수 있을 정도로 책들에 대해 제법 자세히 알고 있었다.

요즘 한국에도 재미난 컨셉의 독립 서점이나 동네 책방이 많이 생기고 있는데, 대개는 아기자기한 규모다. 이쪽은 이렇게 큰 공간을 모두 서점(먹을거리도 일부 판매하지만)으로 활용하다니, 이게 유지가 될까 싶을 정도로 꽤 큰 규모여서 더욱 인상적이었다. 책 역시도 온라인 구매가 더 저렴한 마당에 서점은 더 이상 '책을 파는 곳'이라는 의미만으로는 살아남기 어려울 것이다. 그렇기에 더더욱 서점은 그 방문 자체가 새롭고 환상적인 경험이어야 하며, 기꺼이 발품을 팔아 방문할 만한 가치가 있는 곳이어야 할 것이다. 이번 여행에서 기꺼이 방문하고픈 서점들을 여럿 만날 수 있었기에 정말 좋았다.

책으로 가득 찬 거대한 공장. 문득 고개를 들어보니 공중에서 소녀가 쉼 없이 자전거를 타고 있어 자칫 삭막할 뻔했던 공간에 재미있는 쉼표가 되어준다. 소녀는 앞으로도 쉼 없이, 그리고 끝없이 자전거를 탈 것이다. 우리의 여행도 그러하길 바라본다.

부디 오늘 밤이 길기를
리스본 Lisboa

기왕 늦어버린 거, 좀 더 밤을 즐겨보기로 했다. 그리하여 LX Factory를 뒤로 하고 찾은 곳은 'Doca De Santo Amaro'. 정박해있는 요트들과 흥겨운 분위기의 식당들이 강을 끼고 나란히 이어진다. 하지만 이날은 '이래 가지고야 운영이 되겠어?' 싶을 정도로 한산한 모습이었다. 여름엔 발 디딜 틈도 없이 사람이 많다는데, 아무래도 지금은 겨울이라 그런 것 같다.

이곳의 매력은 거대한 다리의 모습을 가까이서 감상하며 식사를 할 수 있다는 점이다. 때문에 다리와 가까운 쪽으로 이동할수록 음식값이 비싸진다고 하니 그 부분은 일종의 자릿세라고 봐야 한다. 그런데 이곳을 소개해준 분의 말을 빌자면, '다리 아래에서 밥을 먹는 건 거지들이나 하는 짓'이라고 기겁을 하며 다리와 가장 먼 쪽에 자리를 잡기를 원하는 어르신들도 만난 적이 있다고. 그러고 보면 사람들의 생각이란 게 다들 비슷한 것 같으면서도 또 제각각인 것 같다. 모두가 다 내 생각 같지는 않다는 점이 세상살이의 즐거움이자 어려움일 것이다.

조금 더 이동해 며칠 전에 마주했던 벨렘 탑을 다시 찾았다. 그때의 벨렘 탑은 몹시 우중충했었는데, 다시 만나보니 '테주 강의 귀부인'이란 수식어가 절로 떠오를 만큼 우아했다. 노란 조명을 받아 은은히 빛나는 뽀얀 탑은 고고한 달을 닮아 보였다. 같은 장소가 이렇게나 다른 느낌을 풍길 수 있다니! 늦은 시각 덕에 우리끼리만 조용하게 탑을 독차지할 수 있었던 점도 좋았다. 이래저래 무척이나 황홀한 경험이었다.

한국으로 돌아갈 날이 다가올수록 실수로 놓쳐버리는 것은 없는지, 포르투갈에서의 소중한 시간을 허투루 보내는 것은 아닌지 조바심이 난다. 덕분에 잠자리에 드는 시간도 점점 늦어지고 있다. 잠을 줄여가며 시간을 보낼 정도로 여행이 끝나가는 것이 아쉬울 줄이야. 누군가가 말하길 여행이 좋은 것은 여행지에서는 돈을 벌지 않아도 되기 때문이라 했지만 정말 그게 그렇게 간단한 문제일까. 내가 지금 느끼는 동동거림이 일터로 돌아가기 싫어서, 오로지 그 때문이라면 그것도 너무 슬픈 얘기다. 그건 내 삶의 대부분을 회사가 통제하고 있다는 이야기가 아닌가.

잊고 있던 감성은 새로운 풍경 앞에서 불쑥 나타나곤 한다. 일상으로 돌아가면 아마도 그런 감성과 마주하기는 어려울 테지. 또다시 야무지고 단단한 사람이 되어 살아야 할 것이다. 사실은 그게 싫어서 일상으로 돌아가기가 싫은 게 아닐까. 그런 일은 옳지 않다고, 그런 말은 좀 심하다고, 나는 괜찮지 않다고, 그러니까 더 이상 이런 식으로는 하고 싶지 않다고 소신껏 얘기할 수 있는 일상이라면 또 모르겠지만. 내일의 컨디션을 위해 오늘 읽던 책을 억지로 덮고, 야밤에 마시고 싶은 커피도 참고, 하고픈 말의 절반도 못 되는 대화를 얼른 마무리하고 적당히 잠자리에 들어야 하는 생활 속에서 감성이 발현될 겨를은 있으려야 있을 수가 없으니까.

여행을 통해 한 번이라도 평소의 나와 여행지에서의 내가 다르다는 걸 깨달았다면 돌이킬 수가 없다. 나 자신에 대해 아무것도 몰랐던 때로는 절대 돌아갈 수가 없다. 여행이 무섭고도 대단한 것은 이 때문이다. 그동안 내가 알던 것보다 사실은 내가 좀 더 감성적이고 좀 더 예민하고 좀 더 유약한 사람이라는 걸 깨닫고 나면 그 이후의 삶은 무척이나 달라진다.

어쨌든 아직은 돌아갈 준비가 되지 않았다. 물론 내가 그러거나 말거나 돌아갈 비행편은 결정되어있고 그 날짜는 어느새 성큼 다가와 있다. 야속할 정도다. 그러니까 부디 오늘 밤이 길기를. 날짜가 더디 가기를.

여행의 끝
리스본 Lisboa

결국은 여행의 마지막 날이 밝았다. 그토록 돌아가기 싫다고 생각했는데 막상 돌아갈 날이 오고 보니 또 그다지 싫지는 않다. 무거운 캐리어를 끌고 다니는 일에서 해방된다는 것도 달갑고, 좁디좁은 호텔방을 벗어날 수 있다는 생각에 약간은 홀가분한 마음도 든다. 한국에 두고 온 고양이와 강아지도 보고 싶다.

아무리 '살아보는' 여행이라고 해도 여행은 여행이고 우리는 이방인인지라, 우리는 늘 돌아갈 곳이 그립다. 나만의 베이스캠프가 필요한 것은 그 때문이다. 아무리 바깥에서 험난한 일을 겪었어도 '이곳에서만큼은 안전해, 아무도 나에게 함부로 하지 못해'하는 안도감을 주는 곳. 우리에게 그런 곳은 결국 집이었나 보다. 지구 반 바퀴를 돌아 찾은 먼 이국에서, 많은 날들을 보내며 깨달은 것이 결국 '우리는 포르투갈을 떠나 집으로 돌아가야 한다'는 것이라니. 그렇지만 그건 포르투갈이 재미없고 싫어서가 아니라 내 집이 있는 곳이 아니기에 그런 것이다. 그뿐이다.

곧장 공항으로 가기엔 좀 이른 시간이라 마지막으로 한 군데만 더 들

러보기로 했다. 카르무 수도원(Convento do Carmo)이다. 카르무 수도원
은 리스본 대지진으로 인해 원래 모습을 알아볼 수 없을 정도로 파괴
됐다. 그 모습은 누군가 무의 윗동을 베어 없앤 듯 뚜껑만 휙 날아간
모양새다. 기둥이나 뼈대는 제법 남은 채, 천장만 폭삭 내려앉은 수도
원은 무척이나 생경한 느낌을 자아냈다.

게다가 이곳은 복원하는 과정에서 고고학적으로 의미 있는 유물들이
발견되어 복원은 중단되었고, 과거에 예배당으로 쓰이던 건물을 아

예 고고학 박물관으로 바꿔버린 독특한 이력을 지닌 장소이기도 하다. 뼈대만 남아있는데도 이 정도이니, 원래 건물은 엄청나게 웅장한 분위기를 자아냈을 것 같다. 현재로선 예전의 그 모습은 알 길이 없으니 빈 공간은 상상으로 채워 넣을 수밖에 없을 터. 그래서일까, 유독 이곳에는 주저앉아 슥슥 그림을 그리는 사람들이 많았다. 그들의 스케치북 속 수도원은 어떤 모습일지 궁금하다.

수도원 바로 옆엔 이전에도 몇 번 이용했었던 산타 주스타 엘리베이터와 전망대가 있다. 정말 마지막으로 이곳에 다시 올라 포르투갈에서의 시간들을 마무리해본다. 이제 리스본 공항을 거쳐 서울로 향할 것이다. 포르투갈이라는 나라에 발을 들일 때는 포르투로 들어왔으니 '포르투 인 리스본 아웃'으로 간단히 설명될 여정. 하지만 포르투와 리스본 사이에서 보낸 많은 날들은 우리의 여권을 비롯한 공식적인 무언가에는 전혀 기록되지 않았다. 어쩌면 그 날들은 우리만 알고 있는 비밀스러운 날들이 되어버릴지도 모르겠다. 좁은 골목과 주황빛 지붕을 얹은 집들 사이사이에 우리의 그림자가 한 뼘쯤 남아있다는 사실을 알아봐 줄 누군가가 혹시 있을까. 지구의 반대편, 그중에서도 무려 '세상의 끝'으로 불리는 이곳에 아주 조그만 그리움만을 남겨둔 채 이제는 정말 일상으로 되돌아간다.

포르투갈 여행 경비에 대한 기록

- ☑ 여행 경비는 개인의 취향과 무엇을 중요하게 생각하느냐에 따라 편차가 매우 큰 부분입니다. 이 부분을 고려하여 참고 정도로만 봐주세요.
- ☑ 비행기 값은 가격 부분에 변수가 많아 아래 기록에서는 제외했습니다.
- ☑ 아래 금액은 모두 2인 기준입니다.

여윳돈 환전 1,585유로

포르투갈엔 생각보다 카드 결제가 되는 곳이 많다. 신용카드와 체크카드 둘 다 제법 받아주는 편이라 현금을 굳이 많이 가져갈 필요는 없을 듯. 물론 시골은 현금이 꼭 필요하다.

기차 비용(2인 기준)

(왕복) 포르투 ↔ 아베이루 46.80유로
(왕복) 포르투 ↔ 브라가 12.40유로
(편도) 포르투 → 리스본 30유로

렌트비

렌트비 자체는 꽤 저렴한데 여기에 보험료와 세금이 붙고 나면 결국 최종 결제 금액은 제법 커지는, 약간 빈정 상하는 구조다. 작은 차를 예약했는데 엄청 큰 차(A6 왜건형)를 줘서 기름값이 예상보다 더 들어간 듯하다. 4일 렌트비 337유로에 기름값 60유로, 그러니까 대략 400유로 정도가 들었으며 주행 거리는 650km 정도였다. 여기에 추가로 톨게이트 비용이 있긴 한데, 4일 동안 여기저기 다니면서 지불한 비용을 다 합쳐보면 5유로는 넘었고 10유로는 안 되었던 거로 기억한다.

투어비(2인 기준)

도오루 밸리 당일 투어 192유로(식비 포함)

여행 중에 값비싼 물건은 잘 사지 않는 편이지만 자잘한 것들, 이를테면 그 지역을 상징하는 기념품이나 책, 군것질거리 등은 제법 사는 편이다. 가족들 선물, 마트에서 주전부리 구매한 것, 유심칩(15기가, 15일), 리스보아 카드(3일 권) 등을 모두 포함하여 500유로 정도 사용했다. 구체적으로 어떤 것들을 구매했는지에 대한 이야기는 <포르투갈 쇼핑 List>에서 좀 더 자세히 볼 수 있다.

숙박비

포르투갈엔 한인 민박이 거의 없어서 한인 민박은 애당초 선택지에 없었다. 에어비앤비는 일단 예약을 하고 나면 환불이 안되는 경우가 많은데 호스트를 잘못 만나게 되면 상당히 고생하는 일이 생길 수도 있다. 우리는 그런 일로 진 뺄 여력이 없었으므로 숙소는 모두 '무료 취소와 변경이 가능한 호텔'로 했다. 이렇게 되면 당연히 돈이 조금 더 들어가게 되는데 그 돈으로 마음의 평화를 샀다고 생각하기로. 예약은 '호텔스닷컴 & 부킹닷컴' 등에서 최저가로 찾아서 진행했다. 그래도 포르투갈은 그동안 다녔던 유럽의 다른 나라들에 비해 숙박비가 저렴한 편이었다. 숙박비는 성수기, 비성수기에 크게 좌우되지만 이 당시 가장 비쌌던 방(4성급)이 77유로 수준에 평균은 70유로로 거의 다 조식이 포함이었다.

식비

매끼 한두 잔씩 음료를 곁들이다 보니 생각보다는 돈을 많이 썼다. 그래도 이 또한 다른 유럽 국가들에 비하면 꽤 저렴한 편이다. 이번 여행에서는 미슐랭 딱지가 붙은 식당도 몇 번 가고, 좋다는 와인도 제법 마셨으니 식비가 많이 나올 수밖에 없었는데 그럼에도 대략 평균을 내어 계산해보니 하루에 점심과 저녁, 두 끼를 먹는다고 했을 때, 하루에 36유로 정도 사용한 듯하다. 물론 상황에 따라 건너뛰거나 간단히 해결한 적도 종종 있었다(조식은 대개 숙박비에 포함되어있어 추가 비용이 들지 않았다).

여행 경비를 더 낮출 순 없을까?

- 이번 여행에서 묵었던 호텔은 모두 3.5~4성급. 호텔의 레벨을 낮추거나 호스텔, 게스트하우스, 에어비앤비 등을 활용하면 숙박비는 훨씬 내려간다.
- 주방 딸린 숙소에서 음식을 직접 해먹으면 식비도 절약할 수 있다. 장바구니 물가는 레스토랑 물가보다 훨씬 저렴하다.
- 식당에서 물을 사 먹는 대신 'Tap Water(수돗물)'를 마실 수도 있는데, 예민한 사람에게 추천하기는 좀 어려운 방법이라 차라리 식사를 조금 간단히 하는 방법을 추천한다. 매끼를 애피타이저부터 디저트까지 격식 갖춰 먹어야 하는 건 아니다.
- 근교 여행 시 차를 빌리지 않고 버스나 기차를 이용하면 더 저렴하다. 그러나 인원이 3명 이상일 경우에는 차를 빌리는 것이 더 나을 수도 있으니 계산을 해보자.
- 차를 빌릴 경우엔 자동(오토)보다 수동이 훨씬 저렴하다. 하지만 만약 수동 차량이 익숙하지 않아 사고라도 발생하면 더 큰 문제가 될 수 있으니 신중히 선택하자.
- 기차표는 '얼마나 거리가 먼지'에 더불어 '언제 예매를 했는지'에도 변동이 매우 크다. 미리미리 예약하면 가격은 더 내려간다. 다만 할인률이 큰 티켓의 경우엔 환불이나 교환이 되지 않는 경우가 있으므로 주의해야 한다.
- 학생증이 있을 경우에는 입장료를 무료로 해주거나 할인을 받는 등, 크게 도움이 된다.

포르투갈에서 들렀던 곳들과 일정

- ☑ 지도에 표시된 곳들 모두 이번에 머물렀던 곳들. 남쪽에 멋진 해변이 많다고 하는데 겨울 여행이었던지라 거의 제외했다. 섬들도 마찬가지 이유로 들르지 않았다.
- ☑ 포르투 IN - 리스본 OUT으로 큰 줄기를 잡고 남쪽으로 이동하며 여행했다. 주요 거점은 북쪽에선 포르투, 남쪽에선 리스본으로 뒀다.
- ☑ 피냥은 일일투어 상품(가이드가 운전)을 이용했다. 피냥을 제외하고는 모두 렌트카와 기차, 버스로 이동했으며 이동에 큰 어려움은 없었다.

오후 즈음 포르투 도착하여 숙소 근처에서 간단히 요기하고 짐 정리 후 휴식

Day 2

아베이루와 코스타노바 당일치기
Keyword 알록달록 사탕을 닮은 마을

#아베이루 #코스타노바 #포르투근교 #당일치기 #기차여행 #알록달록 #줄무늬

Day 3

포르투 시내 구경
Keyword 포르투에서의 꽉 찬 하루

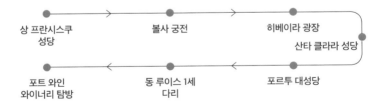

#포르투 #하루일정 #성당 #히베이라광장 #뚜벅이 #포트와인

브라가 당일치기
Keyword 기도하는 도시

브라가 : 브라가 대성당 → 구시가지 산책 → 봉 제수스 두 몬트
#브라가 #포르트근교 #당일치기 #기차여행 #성당 #등산

Day 5

도오루 밸리 투어
Keyword 포트 와인의 날

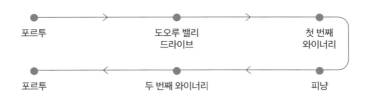

#포르투당일투어 #도오루밸리 #포트와인 #와이너리 #뱃놀이

Day 6

포르투 시내 구경 후 리스본으로 이동
Keyword 포르투에서 반일 더 보낼 수 있다면

클레리구스 탑 → 카르무 성당 → 렐루 서점

리스본 ← 기차 ← 소아레스 도스 레이스 미술관

#포르투 #반일일정 #해리포터서점 #전망대 #리스본행열차

Day 7

리스본 시내 구경

Keyword 리스본 알짜배기 하루 일정

상 페드루 지 알칸타라 전망대 → 상 호케 성당 → 산타 주스타 엘리베이터 → 바이샤 지구 / 코르메시우 광장

상 도밍고 성당 ← 산타 루치아 전망대 · 포르타 두 솔 전망대 ← 알파마

크리스투 헤이 → 카실랴스 ← 산타 카타리나 전망대

#리스본 #하루일정 #알파마 #골목 #성당 #엘리베이터 #예수상 #일몰 #전망대
#트램 #뚜벅이

Day 8

유네스코 세계문화유산 수도원 탐방

리스본 → 알코바사 수도원 → 바탈랴 수도원

#알코바사 #수도원 #바탈랴 #성지순례 #렌트카

유네스코 세계문화유산 수도원 탐방

바탈랴   →   레이리아 성   →   투마르 수도원   →   파티마 성당

#레이리아 #투마르 #수도원 #파티마 #성당 #성지순례 #렌트카

오비두스 & 카스카이스 & 카보 다 호카
Keyword 여왕의 도시 그리고 세상의 끝

파티마   →   오비두스   →   카스카이스

리스본   ←   카보 다 호카   ←

#오비두스 #축제 #진쨔 #카스카이스 #해변 #바다 #카보다호카 #땅끝 #렌트카

켈루스 & 신트라 당일치기
Keyword 인생샷을 찾아서

리스본   →   켈루스 궁전   →   신트라   →   리스본

신트라 : 페냐 성 → 신트라 궁 → 빵집 → 헤갈레이아 별장 → 몬세라트
#리스본근교 #당일치기 #켈루스 #신트라 #인생샷 #궁전 #성

Day 12

리스본 시내 구경 - 구시가지
Keyword 리스본 느리게 걷기

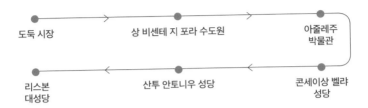

#리스본 #벼룩시장 #아줄레주 #성당 #수도원 #구시가지 #뚜벅이

Day 13

리스본 시내 구경 - 벨렘
Keyword 포르투갈의 리즈 시절, 대항해 시대

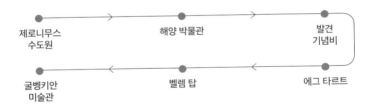

#리스본 #벨렘 #대항해시대 #리즈시절 #수도원 #에그타르트 #미술관

Day 14

리스본 시내 구경 - 카페 놀이와 쇼핑
Keyword 현지인처럼 빈둥빈둥

콘페이타리아   카페 브라질레이라   크리스마스 마켓
나시오날 카페
                                              LX Factory

바이후 알투   벨렘 탑   Doca de Santo Amaro
(Fado)

#리스본 #카페 #쇼핑 #크리스마스마켓 #서점 #공연 #야경 #산책

Day 15

전체 여정 마무리 후 집으로!

카르무   산타 주스타   공항
수도원   엘리베이터

#마지막날 #여행끝 #공항으로

포르투갈 여행 준비물 정리

☑ 포르투갈 겨울 여행을 포함하여 대부분의 유럽 겨울 여행에 통용될 수 있다.

필수

여권 / 렌트를 할 경우에는 운전면허증(국제+국내) / 학생증 / 여행자보험
- 학생증 : 꼭 공식 국제 학생증이 아니어도 학생증이라는 걸 알아볼 수 있으면 (영어로 University라고 쓰여 있다든지) 적당히 통용되는 분위기다.

결제 수단

신용카드 / 현금 출금용 카드
환전한 현금+지갑+카드지갑
- 유로를 사용하기 때문에 동전 사용이 많으니 동전 지갑도 있으면 좋다.

서류

항공권 / 각종 교통권(기차표, 버스표 등)
호텔 바우처 / 투어 상품 예약 바우처 / 렌트카 바우처

세면도구

칫솔+치약 / 화장솜 / 면봉 / 손톱깎이 / 빗 / 폼 클렌징 / 샴푸 & 린스 / 바디 워시 / 남성의 경우 면도용품
- 손톱깎이까지 챙겨야 하나 싶을 수도 있는데 꼭 손톱을 깎는 일이 아니어도 은근히 요긴하게 쓰인다.

의류

모자 / 선글라스 / 입을 옷 / 속옷 / 양말 / 잠옷+안대 / 운동화 / 적당히 구두 같아 보이

는 신발 / 숙소 안에서 신을 슬리퍼

겨울 : 내의 / 외투 / 바람막이 / 목도리 / 장갑 / 경량 패딩(조그맣게 접을 수 있는 것)

- 실제 온도는 그리 낮지 않지만 바람이 많이 불어 체감 온도는 더 낮은 편이다. 숙소 내부도 난방이 잘되지 않는다면 추울 수 있다.
- 드레스 코드가 있는 공연장이나 식당 등에서 운동화를 신고 있으면 입장이 거절되는 경우가 종종 있다.

상비약

알레르기약 / 소화제 / 진통제 / 감기약 / 제산제 / 지사제 / 상처에 바르는 연고 / 소독약 / 반창고 / 파스 / 모기 기피제 / 벌레 물린 데 사용하는 약

- 새로운 음식과 환경은 내가 몰랐던 알레르기나 배탈을 유발할 수 있다. 알레르기약과 위장약은 꼭 챙기자.

전자제품

카메라+충전기 / 핸드폰+충전기 / 멀티 콘센트 / 멀티 탭 / 보조배터리 / 헤어드라이기 / 작은 전기담요

- 전기담요가 없었다면 힘들었을 듯. 이번 여행의 일등공신!
- 숙소에 따라 콘센트 개수가 부족한 경우가 있어 멀티 탭이 필요할 수 있다.

화장품

스킨로션 / 선블록 / 립밤 / 핸드크림 / 미니어처 향수

- 기본적으로 한국보다 건조하고 햇빛이 강렬하니 보습제품과 선블록은 단단히 준비하자.
- 방이나 화장실 등에서 냄새가 날 경우(배수관에서 타고 올라오는 냄새 등)가 있는데 이럴 때 향수가 요긴하다. 빨래가 쉽지 않을 때 적당히 옷에 뿌릴 수도 있다.

기타

여성용품 / 붙이는 핫팩 / 티슈 / 물티슈 / 여분의 지퍼백 / 스카치테이프 / 핸드폰 거치대(렌트카 운전 시 매우 유용) / 보조 가방 / 에코백 혹은 장바구니

에필로그

포르투갈에서 보냈던 시간들에 대한 모든 이야기가 끝났습니다. 글이나 사진으로 담아내지 못한 이야기가 훨씬 많지만 모든 것을 다 꺼내놓고 살 수는 없는 일일 테니 이쯤에서 마무리를 하려고 합니다.

《그리하여 세상의 끝 포르투갈》이라는 한 권의 책을 통해 리스본의 느릿느릿한 트램과 포르투의 바다 냄새, 그리고 리스본과 포르투가 아닌 또 다른 포르투갈의 포근함으로 치유 받았던 기억들을 나눌 수 있다는 점이 감격스럽습니다. 포르투갈에서 제가 경험한 것들은 어쩌면 별것 아닌 작디작은 것들일 수도 있겠습니다만 누군가에게는 엄청난 위로의 순간이었음을, 그래서 꼭 기록하고 싶었음을 너그러이 이해해주셨으면 합니다.

어느새 이 넓은 우주에 제 이름이 박힌 두 권의 책을 얹어놓았습니다. 오늘이 오기까지 믿어주고 도와준 가족들과 친구들, 집을 떠난 못난 주인을 잊지 않고 기다려준 감자와 요롱이에게 감사의 인사를 전합니다.

감사한 분들

* 《그리하여 세상의 끝 포르투갈》이 세상에 나올 수 있도록 텀블벅을 통해 후원해주신 모든 분들께 진심으로 감사드립니다.

* 후원자분들의 성함은 가나다순으로 표기하였습니다.

Daeun / 강지연 / 고명빈 / 고영진 / 고용석 / 곽노석 / 권지현 / 김건호 / 김경서 / 김규원 / 김나래 / 김나리 / 김노미 / 김다원 / 김동은 / 김미선 / 김민수 / 김민지 / 김민철 / 김상희 / 김서진 / 김선우 / 김세희 / 김수정 / 김양원 / 김영주 / 김영지 / 김장균 / 김주영 / 김지연 / 김지훈 / 김지훈 / 김창우 / 김효종 / 박세환 / 박유림 / 박지수 / 박지해 / 박 진 / 박진솔 / 박찬웅 / 박태근 / 박현아 / 박현애 / 박형준 / 박혜원 / 배대식 / 백지윤 / 봉은선 / 설소원 / 성민경 / 성민지 / 소희진 / 손지유 / 송윤재 / 송은리 / 신나영 / 신 륭 / 안 나 / 안소이 / 안유진 / 안지은 / 안혜영 / 양수정 / 양승훈 / 양아형 / 예상두 / 오유경 / 오정석 / 오현준 / 원예지 / 유민상 / 유승은 / 유지연 / 유 진 / 윤상훈 / 윤유정 / 윤혜정 / 이건욱 / 이민우 / 이상웅 / 이송희 / 이수진 / 이신혜 / 이아름 / 이연경 / 이연주 / 이예림 / 이예림 / 이지연 / 이지영 / 이하나 / 이해민 / 이헌욱 / 이현의 / 이현정 / 이현정 / 임두현 / 임현서 / 임현진 / 장성희 / 장진영 / 정샛별 / 정재표 / 조민수 / 조수빈 / 조수현 / 조인영 / 주은영 / 최명진 / 최영도 / 최재군 / 최지원 / 최 진 / 하모니북 / 한두이 / 함민경 / 황수지 / 황영하

그리하여 세상의 끝 포르투갈

초판 1쇄 발행 2018년 06월 15일
초판 3쇄 발행 2019년 04월 20일

지은이 길정현
펴낸이 류태연

편집 김태경 | **디자인** 박소윤 | **마케팅** 유인철

펴낸곳 렛츠북
주소 서울시 마포구 양화로6길 57-14, 2층(서교동)
등록 2015년 05월 15일 제2018-000065호
전화 070-4786-4823 | **팩스** 070-7610-2823
이메일 letsbook2@naver.com | **홈페이지** http://www.letsbook21.co.kr

ISBN 979-11-6054-157-1 03810